KB092056

코끼리에 관한 짧은 우화

옮긴이 **김홍숙**

이화여자대학교 영문과를 졸업하고 〈코리아 타임즈〉와 〈연합통신〉 국제국에서 15년간 기자 생활을 했다. 〈코리아 헤럴드〉에서 발행하는 영문 주간지 〈뉴스 리뷰〉에 한국 문학을 소개하는 칼럼을 썼고, 미국 대사관 문화과 전문위원으로 활동했다. 지은 책으로 시산문집 《그대를 부르고 나면 언제나 목이 마르고》와 《시선》이 있으며, 옮긴 책으로 《바람을 길들인 풍차소년》, 《초상화 살인》, 《스키피오의 꿈》, 《실낙원》 등이 있다. 한국 문화를 해외에 소개하는 작업에도 힘을 써 김태길의 《소설에 나타난 한국인의 가치관(1, 2)》과 정한숙의 소설 《끊어진 다리》 등을 영역했다. 현재는 좋은 책을 우리말로 옮기는 작업에 힘쓰면서 〈한겨레〉에 칼럼을 연재하고 있다.

코끼리에 관한 짧은 우화

초판 1쇄 발행 2005년 1월 17일 \ **초판 4쇄 발행** 2017년 4월 10일
지은이 헨드릭 빌렘 반 룬 \ **옮긴이** 김홍숙 \ **펴낸이** 이영선 \ **편집 이사** 강영선 \ **주간** 김선정
편집장 김문정 \ **편집** 임경훈 김종훈 하선정 유선 \ **디자인** 정경아
마케팅 김일신 이호석 김연수 \ **관리** 박정래 손미경 김동욱

펴낸곳 서해문집 \ **출판등록** 1989년 3월 16일(제406-2005-000047호)
주소 경기도 파주시 광인사길 217(파주출판도시) \ **전화** (031)955-7470 \ **팩스** (031)955-7469
홈페이지 www.booksea.co.kr \ **이메일** shmj21@hanmail.net

ISBN 978-89-7483-238-4 04840
값 9,800원

이 도서의 국립중앙도서관 출판시도서목록(CIP)은 e-CIP 홈페이지(http://www.nl.go.kr/ecip)에서 이용하실 수 있습니다.(CIP제어번호: CIP2009002664)

An Elephant Up A Tree by Hendrik Willem van Loon

…룬 전집 02 AN ELEPHANT UP A TREE

코끼리에 관한 짧은 우화

헨드릭 빌렘 반 룬 지음 | 김흥숙 옮김

서해문집

코끼리에 관한 비밀.

이것은 존 경에 관한 실화이며, 코끼리들이 왜 코끼리로
남아 있기로 결정했는지에 관한 이야기이다.
이 이야기는 후피동물이 처음으로 탄생한 지 29,395,721년이
지난 뒤에, 즉 우리 인간들이 서기 1933년이라 부르는 해에
코끼리 중 하나가 헨드릭 빌렘 반 룬에게
아주 비밀리에 들려준 것으로 누구에게도 누설해선 안 된다.

for Willem Gerard
from Heaney
31/5 xxxiii

그해에는 황새들이 다른 해보다 훨씬 일찍 돌아왔다. 경기가 형편없었다.

인간들에게 무슨 일인가가 일어났다.

모든 사람이 앞날에 대해 불안해했고 결과적으로 아이들을 원치 않게 되었다.

"무슨 소용이 있겠어?" 그들은 생각했다. 또 한 차례 전쟁이 일어나면 사내 아이든 여자 아이든 다 죽고 말 텐데. 그런 재앙을 피한다 해도 나라들 간의 싸움은 지금처럼 계속될 거고 먹을 건 바닥날 테니. "그러니 아이는 가져서 무엇한담?"

전에는 많은 아이들을 주문하던 큰 도시들이 이제는 설득을 해도 열세 명을 달라는 게 고작이었다. 집집마다 적어도 사내 아이 다섯에 여자 아이 다섯은 있어야 한다고(싼 경비로 귀한 농장을 운영하기 위해) 생각하던 시골의 농부들도 이제는 가족의 수를 줄이고 있었다. 곡식과 야채를 기르는 일은 손해 보는 농사가 되어버렸으니까.

그때쯤 황새들이 다른 해보다 몇 달 이르게, 이젠 철이 끝났다고 생각하여, 아프리카 한가운데 옛 조상들의 개구리 연못으로 날아 돌아온 것이다.

A.D. 1650.

물론 황새들은 자신들의 실패가 부끄러웠다. 인간들과 오랫동안 관계를 맺고 살아왔기 때문에 "성공"이란 큰 숫자와 생산의 증가만을 뜻한다고 생각했던 것이다. 이제 사업을 해온 지 1,349,876년 만에 최악의 해를 맞았다는 걸 인정하기가 쉽지 않았다.

그래서 그들은 전 동물계에서 가장 저명한 홍보 전문가인 전직 판사 솔로몬 P. 바노울을 찾아갔다. 그에게 10,000마리의 개구리를 계약금으로 주자 그는 자신의 개인 서재에(속이 빈 나무에 있는) 들어앉아 꼭 3일 밤 동안(그는 어둠 속에서만 일할 수 있었으므로) 생각에 생각을 거듭하였다.

마침내 그가 "부엉부엉!" 소리를 질렀고 황새들은 그의 주변에 모여들었다.

그는 고객들이 틀림없이 만족스러워할 만한 방법을 찾았다고 말했다.

"여러분은 뭐가 문제인지 알 수 없게 만들어야 해요." 그가 말했다. "그건 언제나 제일 좋은 사업 방법이에요. 실패를 했을 때도 온 세상으로 하여금 여러분이 성공했다고 생각하게 해야 해요. 여러분은 필요한 주문을 받지 못했는데 그건 요즘 인간들의 형편이 나빠졌기 때문이에요. 자, 아무도 왜 여러분이 갑자기 돌아왔는지 진실을 알게 해선 안 돼요. 사업이 그 어느 때보다 잘 되어 일찍 돌아왔다고 하세요. 사업의 세계에서는 누구나 본인이 말하는 대로 평가하기 때문에 모두들 여러분의 말을 믿을 거예요." 황새들은 이 말을 아주 좋은 충고라고 생각하고 결연히 작업에 착수했다.

그들은 온종일 인간들의 세상에서 막 보고 온 새롭고 멋진 발전상에 대해 재잘거리기 시작했다. 다른 동물들은 그들이 무슨 얘기를 하는지 거의 이해할 수 없었으므로 황새들의 수다를 복음이며 진리라고 생각했다.

그러면서 그들은 수백만 년 전 자기네 조상들이 동물로 남아 있기로 결정하고 인간들이 스스로의 힘으로 꾸려갈 수 있게 허락한 것이 커다란 실수가 아니었나 의심하기 시작했다.

황새들이 다른 동물들에게 매우 흥분하여 얘기를 해대는 바람에 모든 가정은 토론회장이 되어버렸다. 아이들은 어른들을 모욕했고 딸들은 어머니들을 외면했다. 아들들이 아버지들에게 으르렁대는가 하면 모든 젊은 세대가 공격적이 되어 큰 소리로 외쳤다. 마침내 동물의 굴레를 벗어버리고 훨씬 우월한 인간의 방식을 받아들일 때가 왔노라고.

다행히도 마지막 치명적 조치를 취하기 전에 몇몇 냉철한 머리들이(기린의 머리는 일상적 존재의 소용돌이에서 저만치 위에 있다 보니 언제나 냉철하다) 다른 동물들을 설득하여 그 문제를 코끼리들에게 맡기자고 했다.

코끼리들이야말로 태곳적부터 다른 동물들과 비할 수 없이 현명하고 통찰력이 있는 것으로 유명했고, 말과 행동에 있어서도 언제나 신중하고 사려 깊은 것으로 알려져 있으니까.

코끼리들은 그 문제를 3주 동안이나 심사숙고한 결과 지둠-지둠 현자로 널리 알려진 존경받는 코끼리 노인을 찾아가 의논하기로 했다. 그는 수천 년 전 동족의 어리석음에 지칠 대로 지쳐 황무지 속으로 달아나 버렸다. 그때부터 그는 낮지만 매우 가파른 언덕의 꼭대기에서 거룩한 명상에 잠긴 채 나날을 보냈다.

지둠-지둠은 철저히 혼자 살았고 아무에게도 말을 걸지 않았다. 그러나 때로 자신의 동족이 어려움을 겪을 때면 기꺼이 조언을 해 도와주었다.

그런 경우에는 할 말을 적어서 시중드는 조 시미안에게 전달해야 했는데, 그는 거의 3백 년간 지둠-지둠의 시종 노릇을 하고 있었다. 지둠-지둠이 배고픈 걸 표현하기 위해 종을 울리면 그 시종은 주인이 홀로 떨어져 있는 봉우리로 음식을 가지고 올라갔다. 음식은 건초를 뒤섞어 만든 요리 한 접시와 물 한 잔뿐이었다.

지둠-지둠이 있는 바위는 온갖 종류의 위험한 파충류들(뱀들, 지독한 착취꾼들, 재미로 큰 동물이나 물고기를 잡는 사냥꾼들)이 득시글거리는 곳에 있었으므로 그에게 메시지를 전하는 일은 사자들 가운데 가장 용맹스러운 리날도 레오니다스에게 맡겨졌다. 너무도 너그러운 본성의 소유자인 그는(그의 무서운 외모가 부드러운 가슴을 감춰주었다) 기쁘게 그 일을 맡았다. 그는 혹시 적을 만나면 발톱을 써야 할 테니 편지는 자신의 꼬리에 묶어달라고 부탁했다.

그 메시지에는 황새들로 인해 젊은 세대가 “백인들의 방식을 따라야 한다는” 생각에 열광하게 된 이래 동물들 사이에서 야기된 어려움이 상세하게 기술되어 있었다. 지둠-지둠님께서 어떻게 하면 이 분쟁을 끝내고 동물 세계에 평화가 돌아오게 할 수 있는지 친절하게 말씀해주시겠습니까? 하고.

2주일이 지나 걸음 빠른 큰영양이 지둠-지둠의 답변을 갖고 깡충깡충 뛰어왔다. 거기에는 "화상 입은 아이는 불을 무서워한다. 젊은이는 경험을 통해 배워야 한다. 궁금한 자가 직접 찾아 나서게 하라"라고 씌어 있었다.

그건 훌륭한 코끼리 상식이었지만, 문제는 이 중요한 사명을 누구에게 맡기는가 하는 것이었다.

그러나 그 문제는 처음에 생각했던 것만큼 어렵진 않았다. 전 동물계에서 존 에펠라스 경만큼 높고 넓은 존경을 받는 이는 없었기 때문이었다.

그 노인은 탕가니카 호숫가에서 살았으며 유명한 마스토돈티아 매머드의 직계 자손으로 1,398,387촌이었다. 마스토돈티아는 이제 워싱턴 D.C.의 스미스소니언 박물관에 살고 있어 프랭클린 D. 루스벨트 대통령과도 가까운 이웃이었다. 그는 아프리카와 인도가 한 대륙에 속해 있었던 선신세 초에 실론에서 우냠웨지 지역으로 이동했으며, 멋진 엄니의 힘으로 동부 아프리카 전역을 자신의 거대한 코 아래 두고 흔들었다.

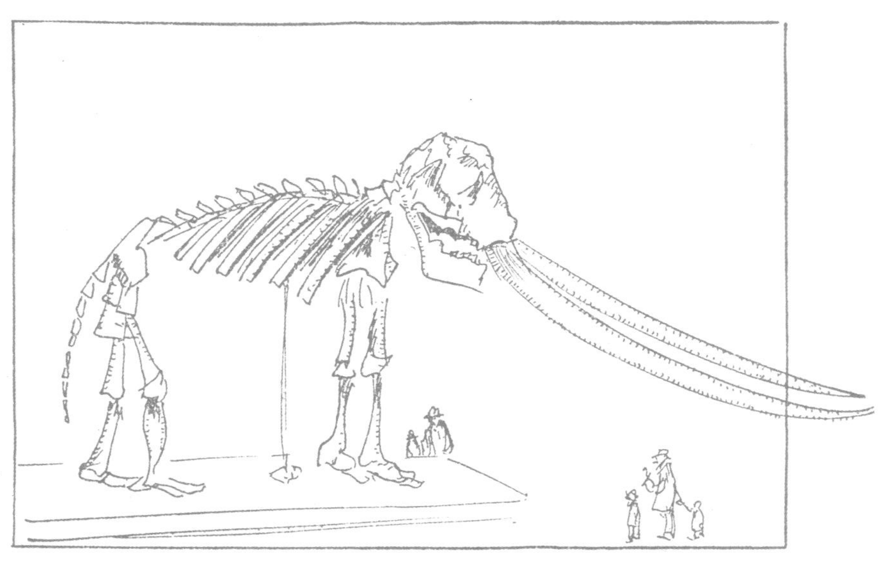

그러나 존 경이 그렇게 높은 존경을 받는 이유는 또 있었다. 그는 오래 전에 영국 정부로부터 기사 작위를 받았는데, 그건 영국 왕위 계승자의 생명을 구한 데 대한 답례였다.

키부 호숫가로 사냥을 나갔던 젊은이가 황소 떼 사이에서 비틀거릴 때 존 경이 마침 그 왕족의 바지 엉덩이 부분을 잡아당겨 물에서 꺼내주지 않았다면 그는 악어 밥이 되고 말았을 게 틀림없었다.

그 일은 존 경 때문에 아침 식사를 망친 늙은 악어 지나쉬-지나쉬와 코끼리 종족 전체의 싸움으로 발전하였다. 언젠가 지나쉬-지나쉬가 존 경을 잡을 뻔했지만 그는 다행히도 엄니 하나에 조그만 구멍이 뚫리는 상처만 입고 도망쳤다. 우룬디 카운티의 유명한 치과 의사 우드 펙커(딱따구리—옮긴이) 박사가 그 구멍을 너무도 잘 고쳐주어 아무도 그걸 알아챌 수 없게 되었다. 오래지 않아 존 경은 키부 호수 기슭에서 지나쉬-지나쉬를 깜짝 놀라게 했다. 그 무시무시한 파충류는 병아리 칠십 마리, 타조 아홉 마리, 땅돼지 열한 마리, 세 명의 토인들, 그리고 하마 반 마리를 저녁 식사로 먹고 나서 잠시 눈을 붙이고 있었는데 존 경이 순식간에 그를 밟아 죽인 것이다.

영국의 왕은 이 공공심 있는 행위에 대한 보답으로 그의 이름 뒤에 Q.E.D.F.O.B.P.D.Q.S.P.Q.R.C.O.D를 쓸 수 있게 했는데 그건 존 경의 명성에 영광을 더해주는 영예였다.

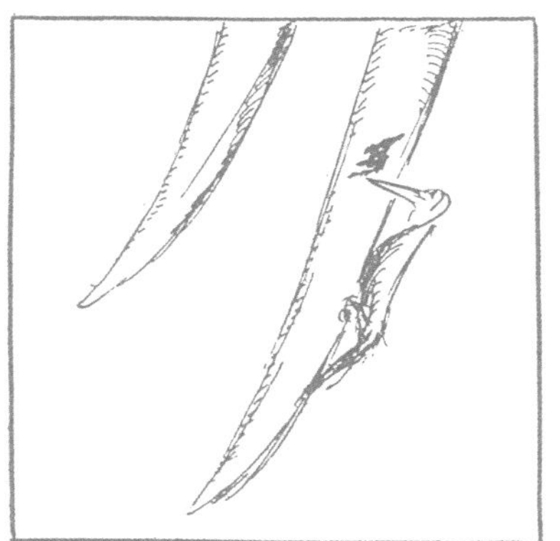

잘생기고 전도 양양한 젊은이인 존 경은 곧 그해 사교계에 처음 나온 아가씨 중 제일 눈에 띄는 미인, 우삼바라의 티타니아 게이 양에게 관심을 가져도 된다는 허락을 받았다. 그녀는 늙은 티탄 고아가 삼보-왕고의 사무엘 맥 섬퍼의 미망인과의 첫 번째 결혼에서 얻은 딸이었다. 그 미망인은 우텐굴라의 마곡스 집안의 일원으로 그녀의 어머니는 "노아의 방주의 딸들"의 매우 저명한 회원이었다. "노아의 방주의 딸들"은 폐쇄적인 상류 사회 여성들의 모임인데, 그들의 집안은 노아의 대홍수 때 노아의 방주를 타고 살아남았던 두 마리의 어린 코끼리로 거슬러 올라간다. 두 코끼리는 그 끔찍한 재앙에서 살아남은 다른 생존자들과 함께 방주가 아라라트 산 꼭대기에 닻을 내렸을 때 구조되었다.

그들의 만남은 그해 사교계 최고의 사건이었다. 그 후 4년이 지나 존 경과 티타니아 여사에게 아들이 태어났고 아버지 이름을 따라 존이라 불리게 되었다.

존은 베헤모스 대학에서 매우 엄격하나 지혜로운 교육을 받았는데 그때까지도 그 학교의 총장은 예레미아 안테우스 목사였다. 존은 양피지(베헤모스 대학에서 준 것은 진짜로는 하마 가죽이었다), 즉 졸업증서를 받고 나자 정착하고 싶어했는데, 그건 젊고 예쁜 폴리페마 논과 깊은 사랑에 빠졌기 때문이었다. 작은 몸집에 부끄럼을 많이 타는 그녀는 겨우 37세인 데다 무게도 3톤밖에 되지 않아, 그녀의 부모는 그녀가 신성한 결혼을 하기엔 너무 어리고 미숙하다고 생각했다.

그러므로 아버지가 존을 불러 자기 대신 가서 백인들에 대해 연구해 오라고 했을 때 그는 매우 마음이 언짢았다. 그러나 아주 어릴 때부터 순종하도록 교육받아온 터라 실망한 내색은 보이지 않고 그저 "네, 아버지. 시키시는 대로 하겠습니다" 하고 말했을 뿐이었다.

다음에 할 일은 필요한 서류와 여권, 우편환을 준비하는 거였다. 그런 것들을 구하기 위해 아버지 존은 낮은 언덕의 꼭대기로 올라갔다. 그곳에서는 가까운 영국 군청 소재지가 잘 보였고 그는 자신의 코를 써서 거대한 물음표를 만들어 보였다. 영국 관리들은 그것을 보고 코끼리들이 자신들과 얘기를 하고 싶어한다는 걸 알아차렸다.

존 경을 좋아하던 그곳의 지사는 곧바로 훈련된 원숭이들에게 "YES" 즉 "네"라고 답하라고 명령했다. 일주일 이내에 모든 필요한 절차가 끝났다. 닷새 후 젊은 존은 세상을 보러 나섰다.

그가 제일 먼저 어느 나라로 가야 하는가에 대해 약간의 이견이 있었다.

그러나 그 어려운 문제는 케냐에서 온 기린 롱고-롱고와 파라다이스빌의 나이 지긋한 오피데아 S. 나케 부인이 쉽게 해결해주었다. 이 두 덕망 있는 분들은 서커스와 함께 여행 중인 친척들이 세계 곳곳에서 보내주는 그림엽서를 자주 받고 있었다.

그 두 분이 함께 단언했다. "백인의 문명이 실제로 얼마나 발전했는지를 보여줄 수 있는 나라는 미국뿐이에요." 다른 이들은 자신들이 행복하게 살고 있는 곳을 제외한 다른 곳에 대해서는 아는 게 없었기 때문에 반대하지 않았다. 그렇게 해서 존은 이 중요한 사명을 위해 선발되었다.

젊은 존 경은 19xx년(이미 얘기한 것처럼 이 모든 일은 아주 오래 전에 일어났다) 5월 12일에 잔지바르를 떠났다. 항해 첫머리에 너무도 배멀미를 심하게 하는 바람에 마르세유에 도착할 때까지 있었던 일은 하나도 기억하지 못했다. 그곳에서 그는 식민성의 명에 의하여 매우 엄숙한 환영을 받았다. 식민성은 아직도 대서양에서 태평양에 이르는 광활한 프랑스-아프리카 제국을 꿈꾸고 있었다. 그는 특별한 트럭을 타고 프랑스를 가로질렀고 18시간 후에 파리에 도착했다.

지난 2,000년 동안 저명한 방문객들이 너무나 많이 파리를 드나들었기 때문에 파리 사람들은 길 건너편에 진짜 러시아 황제나 살아 있는 황녀, 교황, 부주교, 세계에서 제일가는 부자가 있다 해도 그들을 보기 위해 길을 건너는 법이 없었다. 그러나 코끼리가 그 도시를 공식 방문하기는 처음인지라 존 경이 오를레앙 역에 도착했을 때는 적어도 70만 명의 사람들이 "토토"를 환영하기 위해 운집해 있었다.

어떻게 해서 존 경이 토토라고 불리게 되었는지는 오늘날까지도 아는 사람이 없지만, 어쨌든 그는 미국을 향해 출발하는 날까지 그곳에서 토토로 불렸다. 그가 샹젤리제로 차를 타고 갈 때 그 아름다운 거리엔 언제나 조그만 토토 인형을 끄는 아이들이 가득했다.

존 경은 저명한 인사들이 프랑스의 수도를 처음 방문할 때 해야 하는 모든 일들을 했다. 무명 용사들의 묘에 화환을 놓았고, 오페라 하우스에서 하는 특별 공연에 참석하여 관중들이 "코끼리 행진곡"을 듣고 열광하는 것도 보았다. 라벨이 그날을 위해 특별히 작곡한 그 곡은 콘트라베이스, 케틀드럼, 저음 금관 악기 등으로 연주하도록 돼 있었다. 라벨은 그 유명한 "볼레로"와 라디오 프로그램에서 자주 나오는 많은 곡들을 작곡한 사람이다.

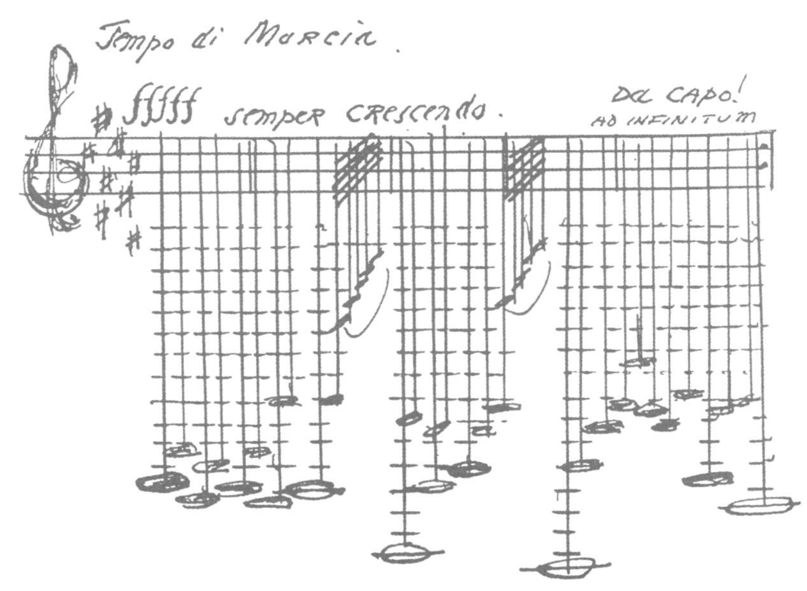
Tempo di Marcia.
fffff semper crescendo.
Dal capo!
AD INFINITUM

대양을 건너는 여행은 어느 날 하루를 제외하고는 별 일 없이 진행되었다. 그날 아침 존 경은 함교로 가서 선장에게 인사를 해야겠다고 생각했다. 다행히도 펭귄섬 호는 견고한 배였다. 그러나 그날 이후 존 경은 매일 하는 운동을 배 중앙에서만 하라는 요청을 받았다. 그는 유순한 동물답게 하라는 대로 했지만 그가 타고난 겁쟁이가 아니라는 걸 하늘은 아셨을 것이다.

여기서 파리라는 도시와 그곳의 명랑한 시민들의 별난 특성 한 가지를 짚고 넘어가야겠다. 존 경의 방문에 뒤이은 3주 동안 그 도시는 완전히 코끼리 열풍에 휩싸였다. 여자들은 코끼리 귀 모양의 모자를 썼다. 식당에선 말고기를 비프 스테이크 식으로 내놓는 대신 "코끼리 스테이크"라는 이름으로 내놓았다. 미용 전문가들은 모든 사람들의 얼굴을 줄루 족처럼 검게 보이게 하는 얼굴 분을 새로이 만들어냈다.

카바레 가수들은 새로운 인기곡 "토토가 트럼펫을 투 하고 불면 트럼펫이 투투 한다네"라는 노래를 끝없이 불러대었다. 그 샹송은 열흘도 되지 않아 3,214,596장이나 팔려 나갔다.

그 뒤 다호메이의 왕이 690명의 아내와 12,389명의 자녀들을 거느리고 파리로 왔고, 그제서야 파리 사람들은 존 경을 잊게 되었다.

바다에 나선 지 7일째 되는 날 육지가 보였다. 그 다음 날 이른 아침 승무원이 와서 존 경을 깨우고는 5분 내에 영접 위원회가 배에 오를 거라고 얘기해주었다.

이 소식은 자신이 오는 걸 아무도 모르리라고 생각했던 존 경을 매우 놀라게 했다. 그러나 미국 대통령과 뉴욕 시의회를 대신해 자신을 환영하러 선실로 들어온 품위 있는 신사들이 매우 친절하고 진실하게 대하는 것을 보자 존 경의 마음도 편안해졌다. 그는 자신이 보일 수 있는 최고로 상냥한 미소를 띠고 97명의 사진사들을 위해 포즈를 취했고, 136명의 기자들, 43명의 감상적 기사 전문 여기자들, 그리고 "코끼리, 오직 코끼리"라는 단체의 특사로부터 질문을 받고 답변을 했다.

마침내 영접 위원회는 존 경이 자기네 거룻배 "존 P. 태머니 호(태머니는 뉴욕 시의 태머니 홀을 본거지로 하는 민주당의 단체로 종종 뉴욕 시정상의 부패·보스 정치의 비유로 쓰임—옮긴이)"에 안전하게 승선하도록 해주었다. 몇 분 후 그는 이른 아침 아지랑이 너머로 서서히 떠오르는 장대한 도시를 처음으로 볼 수 있었다.

맨해튼에서의 영접과 브로드웨이에서의 행진은 조금 피곤하긴 했지만 멋졌다.

전화번호부 19,781,922권이 조각조각난 채 존 경의 발 앞에 뿌려졌다. 뉴욕 시 전통의 테이프 휘날리기 행진을 위해 14,392마일의 테이프도 같은 신세가 되었다. 그 난장판을 치우는 데 닷새 동안 37,825명의 도로 청소부가 동원되었다.

뉴욕이 마지막 "잊을 수 없는 영웅"을 환영한 후 좋이 아홉 주가 지나서야 사람들은 다시 싫증을 내기 시작했다.

존 경이 호텔에 도착했을 때 약간의 어려움이 발생했다. 그를 위해 특별히 준비한 기품 있는 스위트룸은 92층이었는데 그의 커다란 몸집을 태울 만큼 큰 엘리베이터가 없었다. 결국 활차 장치를 이용하여 들어올리기로 했으나 존 경이 76층까지 올라갔을 때 어지러움을 참지 못하고 다시 내려놓아 달라고 요청했다.

그렇게 해서 그는 지하층 일부를 마음대로 쓰게 되었다. 존은 단순한 영혼의 소유자였다. 그는 먹을 것만 있다면 어디서 사는가는 중요하지 않다고 말했다.

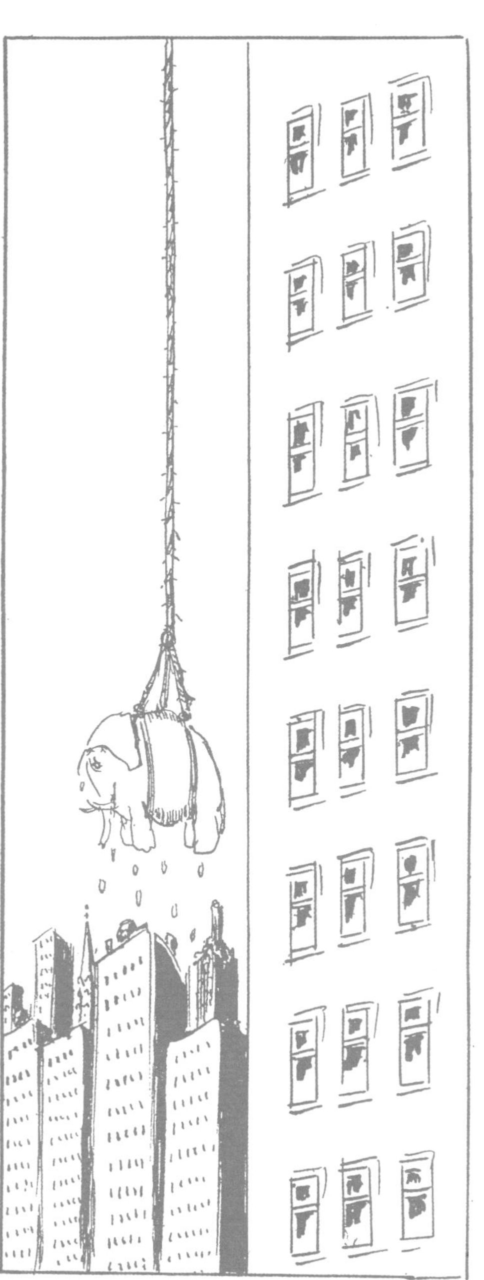

공식 오찬이 준비되었다고 했다. 묽은 수프 한 컵과 닭고기 샐러드 반 접시였다. 존 경은 모든 방문객에게 도착하는 날부터 떠나는 날까지 닭고기 샐러드만이 제공된다는 얘기를 들었다. 물론 그 형편없는 메뉴로 살아남는다면 말이다.

존 경은 자신은 그보다는 조금 더 풍부한 식사를 해왔다고 말했다.

그때부터 10톤 트럭 3대가 매일 아침 그의 식사를 실어왔다.

그 다음 며칠은 몽롱한 상태로 지나갔다. 그가 마음대로 쓸 수 있는 20톤짜리 트럭 한 대가 제공되어, 존 경은 24명의 기마 경관의 호위 아래 도시 이쪽 끝에서 저쪽 끝으로 신속히 움직일 수 있었다. 그는 자신이 본 것을 재빨리 정리해보았다(그의 뇌는 활동 사진 카메라의 필름을 닮기 시작했다).

제 일 큰 감 옥
제 일 큰 공 장
제 일 마 른 여 자
제 일 큰 은 행
제 일 큰 다 이 아 몬 드

CLOSED

제일 높은 집
제일 빠른 비행기
미국에서 제일 가는 부자
버몬트 도셋에서 키운 제일 큰 사과
제일 높은 깃대 끝에서 망원경 들여다보기

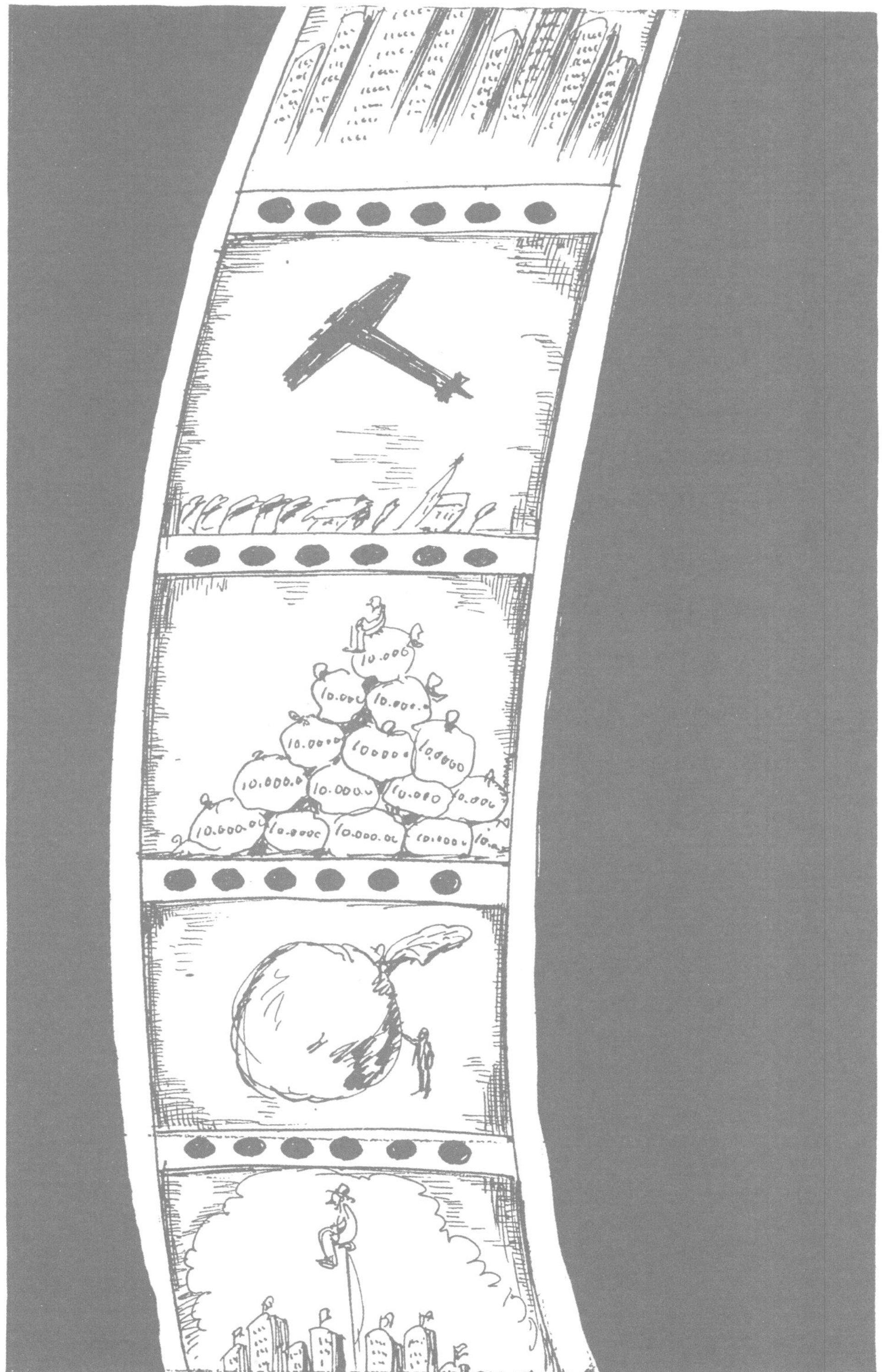
10.000

그는 그 모든 것들에 너무도 감명을 받은 나머지 인간의 문명은 자기 종족의 문명보다 훨씬 우수하다고 생각했고, 이제 고향으로 돌아가 그렇게 얘기하리라 마음먹었다.

그러던 어느 날 아침, 누군가 그의 방문을 두드리기에 열어보니 아니 이게 누군가! 존 경이 지금까지 만나본 중에 가장 이상하게 생긴 두 명의 방문객이었다. 하나는 아주 작은 닥스훈트 개였고 다른 하나는 안경을 코에 걸친 초라한 고양이였다.

"저, 잠깐! 조용히 들어가게 해주세요." 방문객들이 말했다. "우리가 여기 온 걸 아무도 알아선 안 돼요. 우리는 당신에게 비밀리에 얘기하고 싶어요."

"내 이름은 누들입니다." 닥스훈트가 말했다. "반나절용 개지요. 반나절은 과거에 대해선 알지만 현재에 대해서는 아무것도 모르는 매우 학식 있는 사람과 보내고, 나머지 반은 과거에 대해서는 아무것도 모르지만 현재에 대해서는 잘 아는 매우 현명한 의사와 보낸답니다. 이렇게 말해도 될지 모르지만, 그런 식으로 해서 나는 세상 일에 대해 꽤 균형 잡힌 시각을 갖게 되었답니다.

그리고 이 친구는 디오게네스(옛 그리스 철학자—옮긴이)입니다. 전 세계에서 가장 현명한 고양이라고들 하지요. 이 친구는 인간들이 저지르는 각양각색의 바보짓을 영원히 잊지 않기 위해 시청 바로 뒷골목에 있는 통에서 살고 있지요. 우리가 그를 디오게네스라고 부르는 이유지요."

"우리는 무슨 일이 일어났는지 알고 있습니다. 인간들이 늘 하던 짓을 하고 있는 거지요. 그들은 당신에게 여러 가지를 보여주지만 그건 자기네가 보여주고 싶은 것들뿐이랍니다. 물론 당신은 매우 감명을 받았겠지요.

이제 우리와 함께 가보시지요. 어쩌면 당신의 생각이 바뀔지도 모릅니다. 고향으로 돌아가 노인들에게 그들의 방식을 버리고 인간들처럼 되라고 하려던 마음을 바꾸게 될지 모릅니다."

존 경은 일리 있는 말이라고 생각했다. 그들은 존 경이 두 방문객을 위해 주문했던 약간의 간식(스테이크 뼈와 한 주전자의 크림)을 먹은 뒤 사실 확인을 위한 외출에 나섰다.

소리없이 호텔 뒷문을 빠져 나온 존 경은 두 방문객을 자신의 등에 태우고 걷기 시작했다. 작은 개 닥스훈트가 방향을 알려주었다.

제일 먼저 그들은 음식이 가득한 상점들을 보았다. 그러나 밖에 있는 사람들은 돈이 없어 음식을 사지 못한 채 굶고 있었다.

그 다음엔 코트와 정장이 가득한 옷가게를 보았다. 그러나 밖에 있는 사람들은 돈이 없어 옷을 사지 못한 채 추위 속에서 벌벌 떨고 있었다.

그 다음엔 빵 배급을 받기 위해 끝없이 줄지어 서 있는 수많은 남자들, 여자들, 어린 아이들을 보았다. 스스로 먹고사는 데 필요한 돈을 벌지 못하는 사람들은 죽지 않을 정도의 빵과 커피만을 배급받고 있었다.

그 다음엔 세계 곳곳의 물건을 필요한 사람들에게 실어다줄 수 있는 배가 가득한 항구를 보았다. 그러나 물건을 살 돈을 가진 사람이 없어서 배들은 그냥 떠 있을 뿐이었다.

그 다음엔 시골로 가서 수많은 아기들을 먹여 살릴 수 있는 우유가 도랑에 그냥 버려지는 것을 보았다. 사람들이 사먹을 수 있는 양보다 우유가 너무 많다고 했다.

호텔로 돌아왔을 때 존 경은 자신이 보고 온 것들로 인해 어쩔 줄을 몰랐다. 그는 자신이 백인 문명의 우월성에 대해서 쓴 첫 번째 보고서를 서둘러 찢어버리고, 확실한 결론을 내리기 전에 상황을 좀더 주의 깊게 연구해야겠다고 생각했다.

그는 잠자리에 들었다. 아침에 일어나자 호텔의 지배인이 세 명의 젊은이가 비밀 용건을 가지고 존 경을 만나러 왔다고 말했다.

그는 언제나 그랬듯 정중하게 그들을 들어오게 하고 그들이 전하는 얘기를 들었다. 그들은 매우 말쑥하고 잘 차려 입은 젊은이들이었다. 자신들은 야생 동물 수송을 위한 매우 인간적인 우리를 만드는 제조업자의 대리인이라면서, 존 경에게 함께 가서 그 새로운 장치를 조사해보고 공식적으로 승인을 해주시면 어떻겠느냐고 간곡히 부탁했다.

존 경은 어떻게 하면 자신의 동료 코끼리들에게 유익한 일을 해 줄 수 있을까 늘 생각하고 있었으므로 흔쾌히 동의했다. 세 젊은이로부터 그 새로운 장치가 바로 뒷문 밖에 있다는 말을 듣고는 열심히 따라갔다. 그들이 존 경에게 그 장치 속으로 들어가 전에 쓰던 운반 장치들에 비해 얼마나 좋은지 직접 알아보겠느냐고 하자 그는 그렇게 했다.

존 경이 우리에 들어가자마자 세 젊은이 중 하나가 문을 쾅 닫았고 다른 젊은이가 시동을 걸었다. 그러고는 셋이 모두 운전석에 올라타고 시속 80마일로 달리기 시작했다.

존 경의 머리에 끔찍한 생각이 떠올랐다. 납치범들의 손아귀에 들어왔으니 분명 나를 서커스에 팔아 넘길 거야.

그리고 정말 그렇게 되고 말았다!

존 경의 실종은 엄청난 물의를 일으켰다. 신문마다 이 저명한 코끼리 손님의 운명이 어떻게 될 것인가에 대한 기다란 기사들이 실렸다.

워싱턴에 있는 영국 대사는 백악관으로 가서 강도 높은 불만을 제기했다. 존 경은 영국의 백성이고 영국의 왕은 모든 백성을 깊이 사랑하니 그 백성이 어디서 해를 입더라도 왕이 보호할 거라고 말했다.

그러나 대사의 말에 귀를 기울이는 사람은 없었다(이 모든 일은 아주 오래 전, 지금과 같은 미국 대통령이 백악관에 살기 오래 전에 일어났다). 대사는 코끼리들의 역사에 대한 상세한 설명과 함께 그 사건에 대한 보고서를 청사진을 곁들여 써달라는 요청을 받았다.

보고서는 제출되었으나 슬그머니 잊혀져 버렸다. 그 음울한 시기에 "이민자들"에 대한 모든 문제를 다루던 노동부 장관은 테네시 주 출신이었고 그러므로 오직 흰 코끼리에 대해서만 관심이 있었다.

자꾸 핑계를 대며 연기에 연기를 거듭한 끝에 "코끼리 납치 사건"은 파일의 첫 페이지에서 점차 뒤로 밀렸고, 마침내는 23페이지 아래쪽 일곱 번째 단에 놓이게 되었다.

모든 신문들이 처음부터 납치는 없었다고 보도하면서 그 사건은 다시 한 번 크게 떠올랐다. 그들은 젊고 원기 왕성한 코끼리가 근처의 동물원에 있는 코끼리 아가씨와 사랑의 도피행각을 벌인 것이라고 보도했다.

그러자 독자들은 "아, 또 그렇고 그런 얘기로구나" 하고는 이내 그 사건을 잊어버렸다. 그것이야말로 납치범들이 원하던 바였다. 그 소문을 만들어낸 것도 그들이었으니까.

그 순간부터 가엾은 존 경의 운명은 완전히 어둠에 싸이게 되었다.

그에게 관심을 가진 건 오직 둘뿐이었다.

밤마다 고양이 디오게네스와 닥스훈트 개 누들은 디오게네스의 통 위에 앉아 초가 다 녹아 없어질 때까지 어떻게 해야 할까 생각하고 또 생각했다. 그들은 존 경을 매우 좋아했고 신문에서 보도하는 것 같은 짓을 할 리가 없다고 생각했다.

(세상 일을 잘 아는) 디오게네스가 사려 깊게 말했다. "그 소문이 온 세상으로 퍼지다 보면 소위 '다정한 친구들'의 귀에도 들어갈 거야. 이런 면에서 백인들이 어떤지 잘 알지? 게다가 인간들하고 수천 년간 친하게 지내온 동물들도 나을 게 없지."

"그들은 신문에 나는 얘기 중에 이웃에 대해 나쁘게 말한 건 다 믿고 퍼뜨릴 테니, 존의 아버지와 어머니도 그 수치스러운 얘기를 듣게 되실 거고 그가 사랑하던 소녀의 가슴도 터져버릴 거야."

별안간 거의 동시에 둘에게 한 가지 생각이 떠올랐다. 존 경을 법원에 데려가 돕기 위해 누들은 집에 있으면서 변호사를 고용하기 위한 돈을 모으기로 했다. 또 고양이는 사람들의 시선을 끌지 않고 어디든 갈 수 있으니까 디오게네스는 아프리카로 가서 존의 동료들에게 진실을 전달하기로 했다.

그들은 곧바로 필요한 증명서를 만들고 신문 스크랩을 했으며, 다른 동물들로부터 편지와 공문서들을 받아 모았다. 디오게네스는 편지나 서류 등 자신을 증명할 것이 없다면 존의 백성들이 자기를 사기꾼이라고 생각하고 자기 말을 믿지 않을 거라고 말했다.

디오게네스는 누들에게 작별을 고한 후 느릿느릿 펭귄섬 호에 올랐다.

그 배의 승무원들이 동물 손님들에게 가장 친절하다는 얘기를 들은 적이 있어서였다.

디오게네스가 외국으로 나가게 된 이유를 알게 된 그 배의 고양이들은 친절의 화신이 되었고, 그 또한 자신의 철학적 이상이 허락하는 한 마음껏 그들의 친절을 즐겼다.

어느 날 디오게네스는 배 안을 둘러보기로 마음먹었다. 마침내 배의 끝머리에 있는 깃대에 다다른 그는 혼잣말을 했다. "아름다운 달이야. 여기 앉아서 잠시 명상을 해야겠군."

그러나 바로 그 순간 그의 눈앞이 캄캄해졌다. 누군가가 그의 목덜미를 꽉 붙잡았다. 3초 후 그는 허공을 날았다. 한시도 눈을 떼지 않았던 서류뭉치가 그의 손가락 사이로 빠져 나갔다. 그러더니 휙 휘두르는 소리가 났고 그 다음엔 작은 초록색 반점들이 무수히 나타났다. 디오게네스는 자신이 바다에 빠졌음을 알았다.

그건 물론 납치범들의 짓이었다. 그 세 명의 악한은 모든 곳에 스파이를 심어두었다. 그 중 하나가 디오게네스의 계획을 전해 듣고는 펭귄섬 호에 타고 비겁한 공격을 가할 기회가 올 때까지 그 불쌍한 고양이 뒤를 밟았던 것이다.

그놈은 이제 미소를 띤 채 담배에 불을 붙이고는 흡연실로 가서 샴페인 한 병을 주문했다. 그러고는 승무원에게 10달러짜리 한 장을 주면서 "일이 잘 된 하루야. 이제 그 고양이는 깨끗이 처리되었어!" 하고 말했다.

그건 사실이었다. 디오게네스는 존 경의 가족들에게 전달할 메시지를 생각하며 밤새 헤엄쳤으나 아침이 가까워오자 모든 게 끝났다는 걸 알았다. 그는 여덟 번 가라앉았다가 여덟 번 떠올랐다. 한번 가라앉았다가 떠오를 때마다 그는 자신의 목숨 하나씩을 내놓았다. 마침내 믿음직한 그의 두 눈이 영원히 감기는 듯했다. 그는 할 바를 다했으나 그것으로 끝이었다.

여러 가지 면에서 우리 인간들보다 훨씬 현명한 동물들 사이에는 자기네끼리 통하는 연락 방법이 있다. 불쌍한 디오게네스가 허공을 나는 바로 그 순간, 다음과 같은 메시지가 전 세계의 동물들에게 방송되었다.

"모든 동물들은 들으라…… 뉴욕 출신 철학자인 디오게네스라는 이름의 고양이가 지금 막 매우 비겁한 공격에 희생되었다…… 그는 서경 76도 42부, 북위 53도 19부에 있는 유럽행 배에서 물 속으로 던져졌다…… 그곳에서 가장 가까이 있는 자는 현장으로 달려가 그를 구하라…… 모든 동물들은 들으라…… 모든 동물들은 들으라…… 방송 끝."

그 방송을 들은 동물들 중엔 매사추세츠 남동쪽에 있는 마사의 포도원 섬을 출발해 그린란드로 가고 있던 고래 워너도 있었다.

"내가 있는 곳 어디일 텐데. 내가 도울 수 있을지 몰라." 그는 혼자 생각했다.

바로 그때 등이 아주 심하게 아팠다. 마치 스무 개의 칼이 동시에 그의 등을 후벼 파는 것 같았다. 그는 얼른 수면 위로 떠올라서 보았다.

아니 이런! 물에 젖은 작은 고양이 한 마리가 그의 목덜미 위에 서서 귀에 들어간 물을 털어내느라고 머리를 흔들어대고 있었다.

워너가 물었다. "디오게네스 씨?"

"그렇소. 댁의 이름은?" 고양이가 물었다.

"워너요. 이렇게 만나게 되어 반갑소. 지금 막 당신이 화를 당했다는 얘기를 들었소. 내가 도울 일이 있겠소?"

"그럼요. 나를 아프리카로 데려가 줄 수 있겠소?"

"그러고 싶소. 그런데 다음 주에 우리 아기가 태어나는데 그때 내가 아내 곁에 있어주겠다고 약속을 했다오. 물론 그린란드로 가면 길을 좀 벗어나긴 하오. 그렇지만 일단 육지에 상륙하면 당신은 쉽게 아프리카로 갈 방법을 찾게 될 거 아니오?" 워너는 그렇게 말하면서 서둘러 큰 몸을 움직이기 시작했다. 누가 첫 아기를 보고 싶어하는 예비 아빠를 야단칠 수 있겠는가?

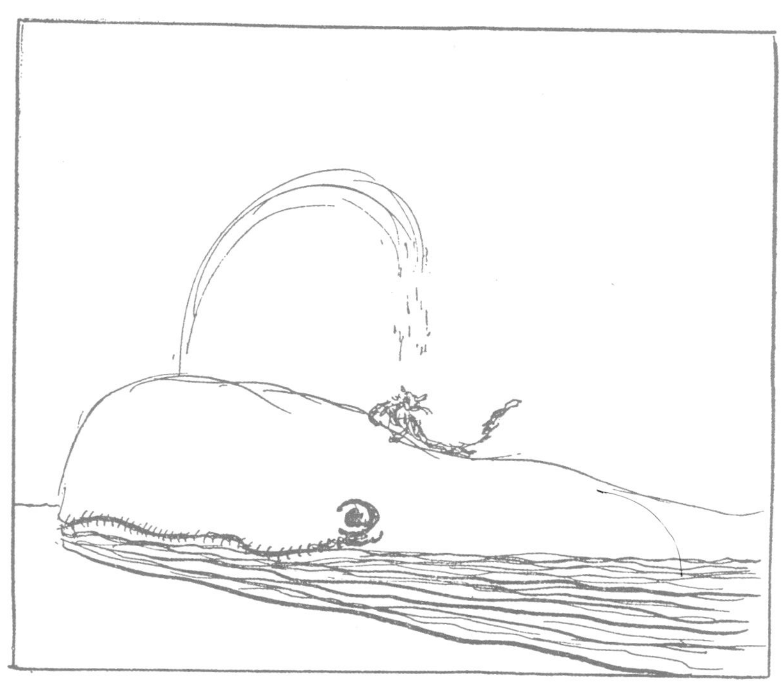

다음 날 아침 일찍 돌고래들의 훈련이 있었다. 사실을 말하자면 디오게네스의 몸 상태는 형편없었다. 무엇보다 심한 배멀미를 하고 있었다. 또한 워너가 매우 빠른 속도로 헤엄쳤기 때문에 디오게네스는 끊임없이 그 큰 고래의 등에서 솟아나오는 분수로부터 물세례를 받았다.

워너는 자신의 등에 타고 있는 승객이 괴로워하고 있음을 알아차렸다.

그는 돌고래들에게 사정을 설명했다. 곧 두 마리의 어린 돌고래들이 올라타서 디오게네스를 자신들의 체온으로 덥혀주었다. 그들은 거의 일주일을 그렇게 편안한 상태로 여행했다. 디오게네스가 배고파하면 언제나 돌고래 한 마리가 물 속에 들어가 물고기 한 마리를 갖다주었고 밤이 되면 디오게네스가 벨벳 같은 덮개를 덮고 잠들 때까지 두 돌고래가 함께 바닷속 얘기를 들려주었다.

드디어 아홉째 날 그들이 그린란드의 거대한 내륙빙에 도착했을 때, 보라! 그곳엔 워너 부인이 아기 올라프(정말 꼬마 고래였다)와 함께 남편이며 아버지인 워너를 환영하러 나와 있었다.

늙은 고래 워너는 너무도 흥분한 나머지 헐떡거리면서 콧방귀를 뀌는 바람에 하마터면 디오게네스를 물에 빠뜨릴 뻔했다. 그러나 그가 곧 손님에게 할 일을 기억해낸 덕에 만남의 인사가 조금 부드러워졌다. 디오게네스는 안전하게 조그만 에스키모 마을에 상륙했다. 모든 아이들이 이 예상치 않은 손님을 만나러 달려 나왔다. 고양이 손님을 본 아이들은 일제히 "운가티카누카퉁카티타노카툭!"이라고 소리쳤는데 그건 에스키모 말로 "안녕"이라는 뜻이었다. 그들은 디오게네스를 자기네 얼음집으로 데리고 가서 뜨거운 물개 기름을 먹였는데 너무도 춥고 배고팠던 그에게 그건 맛좋은 크림 같았다. 그러고는 초록색을 띤 푸른 물망초와 노란 마거리트꽃이 단정하게 수놓인 물개 가죽을 덮고 잠들게 해주었다.

에스키모들은 디오게네스를 매우 친절하게 대해주었다. 그들이 게임을 하거나 춤을 추는 걸 보면서 디오게네스는 에스키모들이야말로 자신이 그때까지 본 사람들 중 가장 즐겁고 만족스럽게 사는 사람들이라고 생각했다. 아프리카로 가서 존의 가족들에게 메시지를 전달해야 할 책임을 생각하지 않았다면 그도 마음껏 즐길 수 있었을 것이다.

그러나 연말이 가까워지고 있었고 덴마크에서 올 배도 더 이상 없었다. 에스키모들은 하는 수 없이 디오게네스에게 내년 봄이 오기 전에 떠나기는 어려울 것이라고 말해주었다.

그러던 어느 날, 낙담하고 비참한 기분으로 잠시 걷고 있던 디오게네스의 귀에 별안간 낮게 훌쩍이는 소리가 들려왔다. 누군가가 울고 있거나 크게 한숨을 쉬고 있는 것 같았다. 그가 낮은 나나툭(에스키모 말로 '언덕')의 꼭대기로 기어올라가자 잔인한 사냥꾼들이 놓은 덫에 걸린 순록 한 마리가 보였다.

덫은 무거운 강철로 만들어져 있어서 디오게네스는 하마터면 손가락 하나를 잃을 뻔했다. 그러나 그는 마침내 그것을 여는 데 성공했고 순록은 고마워서 어쩔 줄 모르며 그의 두 귀에 입맞춤을 했다. 그러고는 북쪽 높은 곳엔 고양이가 귀한데 어떻게 해서 여기까지 오게 되었느냐고 물었다.

디오게네스는 그간에 있었던 모든 일을 얘기해주었다. 그는 또 남쪽 항구에 가면 배가 있을지 모르지만 자신을 남쪽 항구까지 데려가는 데 필요한 개가 없어 이듬해 봄에나 떠날 수 있을 것 같아 괴롭다고 말했다.

그 말을 들은 순록이 말했다. "당신은 이제 막 내 목숨을 구해주었소. 그러니 내가 받은 은혜를 갚을 수 있게 해주시오. 에스키모들에게 조그만 썰매를 하나 만들어달라고 합시다. 내가 거기에 당신을 태우고 남쪽 해안까지 가겠소."

언제나 친절한 에스키모들은 곧바로 디오게네스를 위해 조그맣고 말쑥한 썰매를 만들어주었다. 그들은 또 부드러운 암사슴 가죽으로 만든 에스키모 옷 한 벌, 또 문명 세계로 데려다줄 배를 구할 수 없을 때를 대비하여 카약(에스키모들이 쓰는 가죽 입힌 카누—옮긴이) 한 척도 선물하였다.

어느 맑은 날 디오게네스는 아름다운 털옷을 차려 입고 친절한 에스키모들에게 감사하며 작별을 고한 뒤 남쪽으로 출발했다.

밤에는 그의 충실한 친구 순록의 배에 몸을 밀착시켜 따뜻하게 지냈지만 낮 동안에는 최대한 빠르게 남쪽으로 달렸다.

드디어 그들은 그린란드의 최남단 해변에 도착했다. 그러나 배를 구할 수는 없었다. 디오게네스는 카약을 꺼낸 후 나중에 편지를 주고받기 위해 순록에게 자신의 뉴욕 주소를 써주었다. 디오게네스가 감사하며 작별을 고할 때 눈물이 그의 수염을 적셨다. 그는 돛을 올리고 용감하게 남쪽을 향해 미지의 바다로 나아갔다.

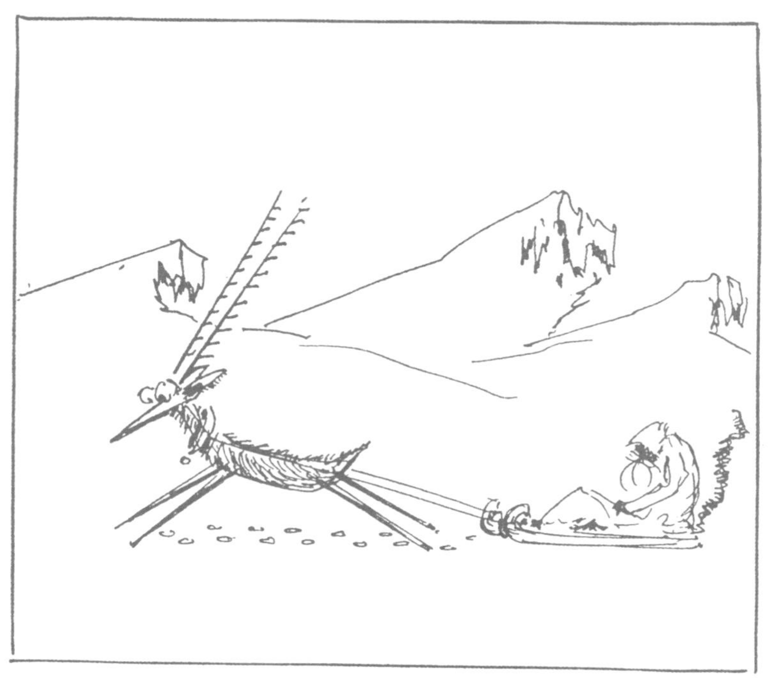

그는 단 한 척의 배도 보지 못한 채 9일 낮 9일 밤을 항해했는데 바로 그때 매우 곤란한 일이 발생했다. 카약이 새고 있는 게 아닌가.

그는 배에 괸 물을 퍼내려 애썼지만 소용 없는 일이었다. 뉴욕을 출발한 지 두 번째로 죽음과 마주서게 된 것이다. 그가 막 모든 희망을 포기하려 할 때(카약의 아랫부분 전체가 물바다였다) 그의 귀에 엄청난 붕붕 소리가 들려왔다!

납치범들이 전함을 세내어 자신에게 사격을 가하는 거라고 생각한 디오게네스는 너무도 무서워 정신을 잃을 지경이었다. 배가 자신을 밀듯 가까이 오자 그는 이젠 끝이구나 생각하고 항복을 하느니 차라리 죽기로 마음먹었다.

그러나 카약이 막 가라앉을 때 몇몇 선원들의 얼굴을 보니 그들은 전혀 납치범 같지가 않았다.

디오게네스는 서둘러 자기 앞으로 밀려온 배의 갈고리 장대에 꼬리를 말았고, 그렇게 해서 그는 무사히 배 위로 끌어올려졌다.

커다란 대포가 있는 건 사실이었지만 그 배는 매우 평화로웠다. 그 배는 해마다 4개월씩 북쪽에 머물면서 여러 나라의 어부들이 다른 나라 사람들의 어망을 망치거나 물고기를 훔치는 일이 없는지 감독하고 있었다.

선장과 승무원들은 디오게네스에게 마음에서 우러난 친절을 보였는데 그건 바로 몇 주 전 몰아친 강풍 속에서 그 배의 고양이를 잃었기 때문이었다. 디오게네스가 배에 탐으로써 그들은 집에 있는 듯한 느낌을 가질 수 있었다.

그러나 한 가지가 선장의 마음을 어지럽혔다. 그는 매우 엄한 규정을 지켜야 했는데 그 규정 어디에도 북극해에서 조난당한 고양이를 건져 올렸을 때 어떻게 해야 하는지 나와 있지 않아서였다.

그는 자신은 그러고 싶지 않지만 항구에 닿자마자 디오게네스를 몰래 상륙시킬 수밖에 없다고 말했다. "만일 내 상관들이 알게 되면 나는 틀림없이 군법회의에 회부될 거요."

실제로 배가 닻을 내리는 순간 선장의 상관들이 그 일에 대해 알게 되었다. 선장이 얼마나 친절한 사람인지 알리고 싶었던 선원 한 사람이 자기 아내에게 그 얘기를 늘어놓았고, 그 아내는 자기 어머니에게, 그 어머니는 친구에게 그 얘기를 옮기고, 그런 식으로 해서 온 도시가 알게 된 것이다. 수사가 한참 동안 진행된 끝에 선장은 19가지의 죄를 범했다는 혐의로 군법회의에 회부되었다. 그러나 지난 38년 동안 그가 보여준 뛰어난 근무 경력 덕택에 심한 훈계를 듣는 것으로 형벌을 면제받았다. 그러나 승진자 명단에서는 겨우 187점으로 뒤처지는 바람에 741세가 될 때까지는 해군 중장이 되는 꿈조차 꿀 수 없게 되었다.

고요한 그린란드에서 지내다 온 디오게네스는 이 도시의 길거리 소음으로 인해 몹시 당황했다. 그는 모든 대로를 채우고 있는 수많은 자전거에 치일까 봐 겁먹은 채 지내다가 널따란 땅으로 도망쳤다. 그러나 그곳에서 그는 네 개의 팔을 가진 이상한 괴물들에 둘러싸였고, 그들은 끝없이 그에게 팔을 뻗어대었다. 디오게네스는 그 무시무시한 괴물들의 휙휙 소리를 피해 다시 도시로 돌아갈 수밖에 없었다.

이제 그는 아주 곤란한 상황에 놓여 있었다. 잠잘 곳도 없었고 먹을 것도 없는 데다가 비가 계속 내렸다. 어느 날 저녁 그는 절망에 잠긴 채 따뜻하고 밝고 즐거워 보이는 커다란 건물 안으로 들어가려 했다. 그러나 금빛 옷을 휘감은 거대한 사람이 꺼져버리지 않으면 "발로 차버리겠다"고 협박했다.

디오게네스가 너무도 추워 미적거리며 말을 듣지 않자 그 사람은 정말로 발길질을 했다. 비참해진 디오게네스는 어디로 가고 있는지도 모르는 채 달아나다가 길 건너편의 집으로 달려 들어갔다. 그 집에선 아무도 그를 막지 않았고 오히려 매우 예의 바르게 맞아주었다. 좀전의 건물 앞이 무시무시했던 만큼, 꼭 그만큼 그 집은 안락하고 따뜻했다.

그러나 그는 그 따스함과 음식 냄새를 견디지 못했다. 그 집에 들어가자마자 곧 세상이 빙빙 도는 듯 어지럽더니 결국 기절하고 만 것이다.

정신이 들어 보니 그는 바닥에 누워 있었고, 친절한 신사가 그에게 소스 냄비에 든 따뜻한 우유를 먹이고 있었다. 그는 곧 일어설 수 있을 만큼 기운을 차렸고 떠날 차비를 했다. 그러자 그의 은인이 물었다. "괴짜씨, 왜 그렇게 서두르지요? 자네같이 웃기게 생긴 고양이는 오랜만이군. 머나먼 미국에서 온 것 같은데. 내 이름은 에버트요. 자, 앉아서 무슨 일이 있었는지 다 얘기해보시게."

그는 디오게네스에게 부드러운 쿠션이 있는 의자를 권한 뒤 그를 위해 또 한 그릇의 우유를 가져오라고 했다. 디오게네스는 자신이 친구들 사이에 있다고 느꼈고 모든 얘기를 해도 좋을 거라고 생각했다. 그는 자기 자신과 자신이 해야 할 일에 대해서 자세히 얘기하고 무슨 일이 있어도 아프리카로 가야 한다고 말했다.

그러고 나서 그는 슬프게 덧붙였다. "그러나 배에서 바다로 떨어질 때 모든 서류를 다 잃어버렸어요. 이제 누가 나를 믿어주겠어요?" 바로 그때 은단추 제복을 입은 조그만 급사가 다가와 말했다. "여기 혹시 디오게네스 씨라고 계세요? 그분 앞으로 온 편지가 지금 막 문 밑으로 들어왔습니다. 누가 가져왔는지는 모르겠습니다." 디오게네스는 순식간에 그 봉투를 움켜잡았다. 거기엔 크고 검은 글씨로 그의 이름이 씌어 있었다. 믿거나 말거나, 봉투를 열자 그 안엔 바닷물로 인해 조금 망가진 그의 서류가 다 들어 있었다.

그는 자랑스럽게 그 서류들을 새로운 친구들에게 보여주었다. 그는 몇 년이 지나서야 그 서류들이 어떻게 해서 그의 손에 들어오게 되었는지 알게 되었다. 그 서류들이 물에 빠지는 순간 마침 그곳을 지나고 있던 조그만 해마 시빌라가 그것들을 건졌던 것이다.

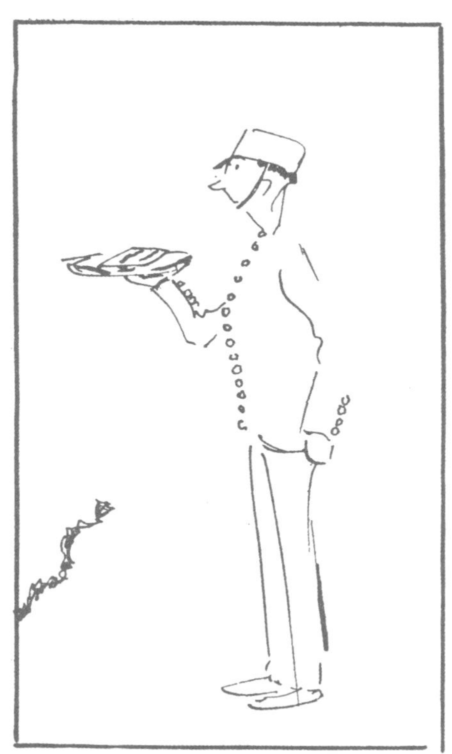

온 세상이 다 알듯이 해마는 동물들 중에서 가장 명석하고, 바로 그 명석함으로 그 작은 해마는 아주 쉽게 온갖 모험을 겪는 디오게네스를 따라잡을 수 있었다. 디오게네스가 어디 있는지 알게 된 해마는 그 서류들을 사업상 그 지역으로 가야 하는 철갑상어에게 맡겼다(상인 한 사람이 개구리 알로 철갑상어 알을 만든 혐의로 다른 상인을 고소했고, 그 철갑상어는 법정에 증언을 하러 가는 길이었다). 철갑상어는 서류들을 그 도시에서 맹인 안내견으로 일하는 개에게 건네주었다. 그 개는 디오게네스가 금빛 옷을 입은 사람에게서 도망가는 걸 보고 그 집으로 따라와 문 밑으로 서류들을 밀어넣었던 것이다.

이제 모든 사람들이 디오게네스가 진실을 얘기한다는 걸 믿게 되었고 어떻게 그를 도와줄까 생각하게 되었다. 바로 그때 디오게네스에게 숟가락으로 따뜻한 우유를 떠먹여 준 친절한 사람에게 좋은 생각이 떠올랐다.

"피에이치-엑스와이제트기가 내일 아침 바타비아로 떠날 예정이오. 그때 이 고양이를 우편 주머니로 위장하여 데리고 가다가 아프리카를 지날 때 조그만 낙하산에 태워 떨어뜨리면 될 거요. 겨우 2천 마일 정도 돌아 가는 거니까."

도와달라는 부탁을 받은 조종사는 아주 재미있겠다고 생각했다. 그는 아프리카를 본 적도 없는 데다 고양이를 좋아했다. 그래서 다음 날 일찍 디오게네스는 피에이치-엑스와이제트기에 우편 주머니로 위장하여 태워졌다.

MAIL

10분 후 10,000피트 상공에 오르자 조종사가 디오게네스를 꺼내 주었다.

"아프리카에 도착하려면 3일쯤 걸릴 거요. 우선 낙하산 사용법을 가르쳐줄게요. 지금 내가 하는 일은 모두 회사 규칙에 어긋나는 거라 나는 거기에 착륙할 수 없어요. 그러니 당신 혼자 힘으로 꾸려가야 해요. 그러나 이 낙하산들은 아주 안전하니 걱정할 필요 없어요."

3일 후 그들은 진짜로 아프리카에 도착했다.

조종사는 낙하산을 조심스럽게 디오게네스의 꼬리에 묶은 다음 작은 창문을 열고 "멋지게 착륙하시오, 친구!" 하고 말하더니 그를 공중으로 밀어내었다.

낙하산이 서서히 열리자 디오게네스는 이상하면서도 즐거운 느낌을 받았다. 그는 혼자 말했다. "자, 이제 이 항해에서 가장 힘들었던 부분은 끝난 거야. 목적지에 안전하게 도달했으니 이젠 마음을 놓아도 돼."

그러나 발 아래의 경치를 내려다보는 순간 심장이 멎는 것 같았다. 바로 아래 거대한 선인장으로 뒤덮인 들판이 보였다. 자신의 몸이 그 길고 날카로운 가시에 찔려 조각나는 것을 무엇으로도 막을 방법이 없었다.

그건 끔찍한 일이었다. 그 길고 긴 항해가 거의 끝나갈 때 이런 일이 생기다니! 그러나 그는 진정한 철학자답게 자신을 위로했다. "무슨 소용이 있나. 운이 없을 때 최선을 다한들 무슨 소용이 있겠나?"

그는 두 눈을 감았다.

이번에야말로 확실히 끝장이었다.

이젠 전 세계를 활동 무대로 삼는 작가로서의 특권을 사용하여 단 한 번의 즐거운 점프로 아프리카에서 아메리카로 껑충 뛰어봐야겠다. 그래야 그 먼(사실 우리에게는 매우 가깝지만) 대륙에서 무슨 일이 일어나고 있는지 여러분에게 알려줄 수 있을 테니까.

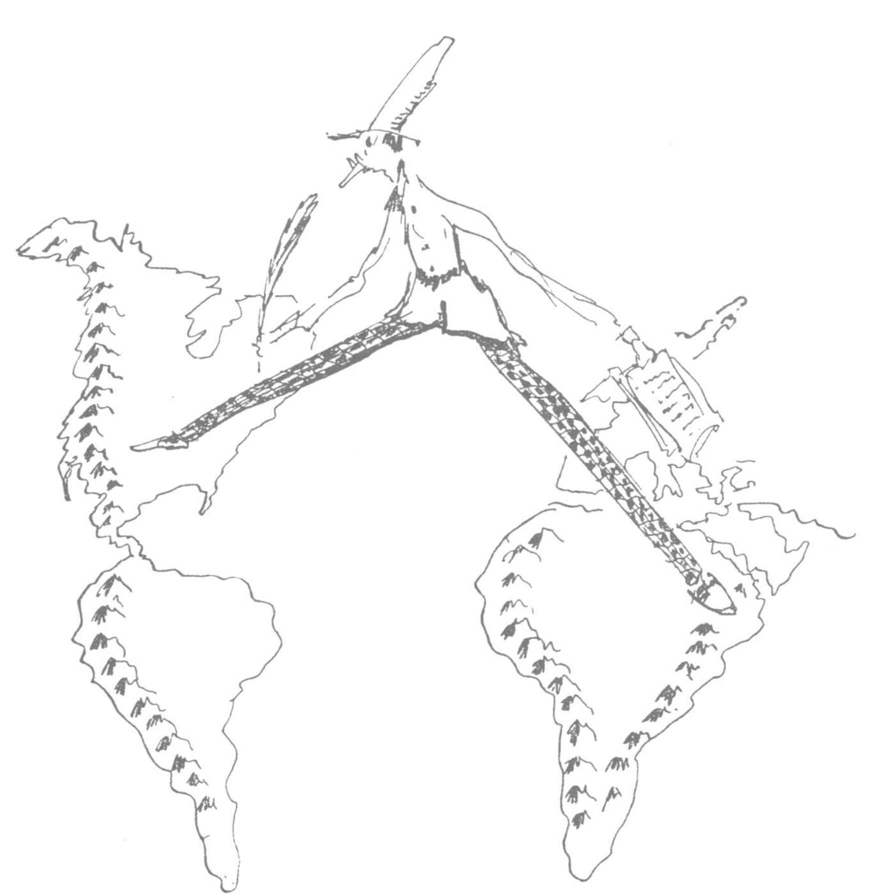

디오게네스가 에펠라스 가족에게 아들이며 후계자인 존 경에게 일어난 일을 얘기해주러 서둘러 아프리카로 간 사이 작은 닥스훈트 개는 계속 존 경을 찾아보겠노라고 약속했었다.

그는 곧 변호사 없이는 아무 일도 할 수 없다는 걸 알았다. 그러나 변호사를 부르려면 돈이 필요했다. 변호사 비용은 싸지 않으니까 그는 돈을 조금, 아니 많이 벌기 위해 노력해야 했다.

그래서 그는 프리드먼이라는 사람에게(그의 집은 바이올린으로 가득했다) 조그만 바이올린을 빌려 거리의 음악가가 되었다. 그는 연주를 잘하지는 못했지만 사람들은 그가 연주하는 걸 재미있어했다. 그는 꽤 많은 돈을 벌었고 밤이면 그 돈을 다 집으로 가져갔다. 그는 실제로 책을 읽고 있는 은행가가 있는 곳 한 군데를 제외한 다른 은행들은 믿을 수가 없었다.

그러나 그 한 군데 은행은 너무도 높은 지대에 있어서 그에게 도움이 되지 않았다.

어느 날 찌푸린 얼굴을 한 사람이 광장을 지나가다가 사람들이 크게 웃는 소리를 들었다. 그는 혼자 생각했다. "흠! 이럴 순 없는 일이야. 내겐 이 세상 어떤 일도 재미가 없는데 다른 사람들이 이렇게 즐거운 시간을 갖는다는 건 죄악이야." 그는 우산으로 누들을 찌르며 그만두라고 말했다.

그러자 잔뜩 모여 있던 사람들이 소리쳤다. "이봐, 어리석은 늙은이, 그만두지 못해!" 그 소리를 들은 찌푸린 얼굴은 매우 화가 나서 경찰에 전화를 걸어 공산당원들이 미국 정부를 뒤집어엎으려 한다고 말했다. 90대의 순찰차가 서둘러 광장으로 왔으나 그들이 본 것은 작은 닥스훈트가 조그만 바이올린을 연주하고 있는 평화로운 광경이었다. 그렇지만 그냥 빈손으로 돌아가기 싫었던 경찰은 그에게 공중 앞에서 연주해도 된다는 허가증을 가지고 있느냐고 물었다. 그가 없다고 하자 그들은 그를 체포해서 가까운 곳의 판사에게 데리고 갔다.

그러나 다행히도 그 판사는 유머 감각이 있는 사람이어서 그 사건을 기각시켰고 누들은 어디든 마음 내키는 곳으로 갈 수 있었다.

그런데 바로 그날 오후 일거리가 없던 두 명의 신문기자가 경찰서로 어슬렁거리며 들어왔다. "혹시 모르는 일이잖아?" 하면서. 닥스훈트 한 마리가 867명의 경찰을 동반하고 판사에게 끌려갔다는 건 뉴스 거리가 틀림없었다. 판사가 그 사건을 기각시킨 후 그들은 누들과 친해져서 그를 자신들이 다니던 무허가 술집으로 데려갔다. 그들은 누들에게 오렌지를 주며(그는 독한 술은 입에도 대지 않았고 오렌지를 좋아했다) 물었다.
"자, 강아지군, 다 털어놓으시지. 어떻게 된 일이오?"

그래서 누들은 그들에게 존 경에 대해 얘기해주고, 자신은 그 친구가 납치되었다고 믿기 때문에 수사를 시작하게 하기 위해 변호사 구할 돈을 마련하는 중이라고 말했다.

두 기자는 곧 그 사건의 중요성을 알아차렸다. "이 강아지가 코끼리 친구를 찾도록 도와주기만 하면 우리는 유명해지는 거야!" 그들은 그렇게 말하고 나서 곧바로 계획을 짜기 시작했다.

"강아지군, 잘 들어요. 우리는 파산해서 빈털터리지만 세상일엔 경험이 많아요. 자넨 그 코끼리 친구를 좋아하기 때문에 그를 찾으려 하는 거지만, 우리는 그를 찾으면 입에 풀칠을 하고 담배도 좀 사 피울 수 있을 것 같아서 그를 찾으려 하는 거요. 우리가 할 수 있는 건 오직 한 가지, 한 가지뿐이오. 코끼리 찾는 일을 성스러운 사건으로 만들어서 사람들이 관심을 갖게 하는 거지. 그렇게 하면 쉽게 우리가 원하는 대로 할 수 있게 될 거요."

다음 날 아침 대뉴욕(종래의 뉴욕에 브롱크스, 브루클린, 퀸즈, 리치몬드를 합한 것—옮긴이)의 유명한 신문 하나가 "우리의 코끼리 손님에게 정의를!"이라는 제목의 캠페인을 시작했다. 그 캠페인이 너무도 열광적인 호응을 얻는 바람에 다른 신문사들도 거의 잊혀졌던 코끼리 사건을 되살리기 위해 "시체 공시소"로 불리던 자료실을 조사하게 되었다. 2주일도 지나지 않아 온 나라가 흥분한 소년 소녀들로 인해 시끄러워졌다. 아이들은 1인당 1페니씩 그 캠페인에 기부할 수 있도록 허락을 받았으며, "어린 십자군"이라는 그룹을 형성하여 코끼리 친구에게 정의를 갖다줌과 아울러 신문사의 수입을 늘려주게 되었다(물론 아이들은 이런 것은 알지 못했다). 그 신문사는 "지구상에 정의를" 실현하기 위해 매우 유용하게 자신의 힘과 명성을 빌려주었던 것이다.

JUSTICE

그 모든 일들은 분위기를 달구긴 했지만 사건의 해결엔 별 도움이 되지 못했다. 존 경의 운명은 여전히 캄캄한 어둠에 싸여 있었다. 아이들은 가엾은 코끼리의 괴상한 실종 사건에 대해 진심으로 걱정했지만 어른들은 그렇지 않았다. 온갖 문제와 사건이 가득한 세계에서 코끼리 한 마리가 어떻다는 건가? 그렇게 되자 코끼리 찾는 일이 진실로 중요하다고 생각하게 된 두 신문기자는 매우 절박해졌다. 당국의 적극적인 도움 없이는 아무것도 할 수가 없는데 당국은 애석하게도 아무런 관심을 보이지 않는 것이었다.

"그래요. 코끼리 한 마리를 훔쳐갔고 그 코끼리는 자유를 잃었어요. 그래서 어떻다는 거요? 몸값을 달라는 얘기도 없고 보상도 없어요. 오직 신문에서만 떠들어댈 뿐이에요. 걱정할 필요가 없어요."

어느 날 갑자기 그 무관심이 끝나게 되었다. 에야시 호수 가까운 두간-두가에서 온 에이피 통신 기사 때문이었다. 그 내용은 다음과 같았다.

"텍사스의 땅콩왕으로 잘 알려진 시몰리온 P. 후지스 상원의원이 어제 코끼리 집단에게 납치당했다. 최고로 믿을 만한 소식통에 따르면, 에펠라스 남작인 토비아스의 아들, 존 에펠라스 경의 석방을 위해 노력을 경주하지 않을 경우 코끼리들이 그 상원의원을 악어 떼에게 던져버릴 것이라고 한다. 에펠라스 남작 가문은 그 지역에서 가장 저명한 후피동물 집안으로 알려져 있다."

그거야말로 뉴스였고 십자군에게는 좋은 소식이었다. 그러나 "어떻게"가 문제였다. 두 신문기자 친구들이 누들에게 물었다. "그 코끼리들이 이런 걸 생각해낼 정도로 명석할까?"

누들도 알 수 없었다. 아무도 몰랐지만 그건 실제로 매우 간단한 일이었다.

디오게네스는 죽지 않았다. 그가 뛰어내린 선인장 들판은 사실 선인장 들판이 아니라 수천 마리의 코끼리 코들이 모여 있는 것이었다. 그 코끼리들은 비행기가 오는 방향으로 코를 세운 채 오랫동안 실종 상태인 사촌에게서 어떤 메시지가 오지 않을까 고대하고 있었다.

디오게네스는 코끼리들로부터 매우 친절한 환영을 받았다. 그는 그들에게 모든 증빙 서류를 보이며 사건의 전모를 얘기했다. 그날 오후 모든 코끼리들이 나이 많은 현자의 의견을 듣기 위해 그가 있는 반석을 향해 행진했다.

그날 저녁 고양이 한 마리가 거의 10,000명에 이르는 코끼리들에게 3시간이 넘게 연설했다. 연설이 끝났을 때 모든 청중은 여전히 숨을 죽인 채 서 있었다. 그들은 자신들이 지듬-지듬에게 요청하지 않아도 그가 조언을 해주었으면 하고 바랐다.

이상하게도 그는 그들이 바라는 대로 했다. 그가 요청을 받기도 전에 서둘러 조언을 해준 것은 그의 일생을 통틀어 처음 있는 일이었다.

"악마와는 불로 싸우고, 이 세상에 인간들이 중시하는 건 오직 힘뿐임을 명심하라!" 그는 그들의 머리 위 저만치에서 호통쳤다.

그러곤 말을 멈추더니 모든 이웃들이 각자 생각에 잠기도록 가만히 있었다.

침묵을 깨뜨린 건 큰영양이었다.

"이 부근 어딘가에 백인 사냥꾼이 있어요. 그가 전에 여기에 온 적이 있어서 알아요. 그 사람이 사는 집의 벽은 그가 자신의 허영심을 채우려고 죽인 우리의 형제, 자매, 사촌들, 아저씨들, 아주머니들의 해골로 덮여 있어요. 가서 그를 잡아요. 존 경을 찾아서 풀어주지 않으면 그를 악어들에게 던지겠다고 위협하자고요."

그 나머지는 앞에 나왔던 에이피 통신의 보도대로였다. 다름 아닌 존의 아버지가 시몰리온 P. 후지스라고 하는 사냥꾼을 바로 그의 집에서 교묘히 잡아챈 것이다. 그는 버려진 흑인들의 오두막에 갇힌 채 밤낮으로 무시무시한 악어들의 이빨 가는 소리를 들었다. "존 경을 백성들에게 돌려줄 아무런 방법이나 수단을 취하지 않으면" 그는 6주 후 그 악어들에게 던져질 운명이었다.

이 일은 사건의 양상을 바꿔놓았다. 그러나 이제 와서 즉각적인 성공을 바라기에는 너무 늦은 감이 있었다. 존 경이 사라진 지 거의 6개월이 되어가고 있었다. 납치범들이 흔적을 남겼을 가능성이 있는 모든 길은 비로 씻겨내려 흔적을 찾는 건 불가능해 보였다.

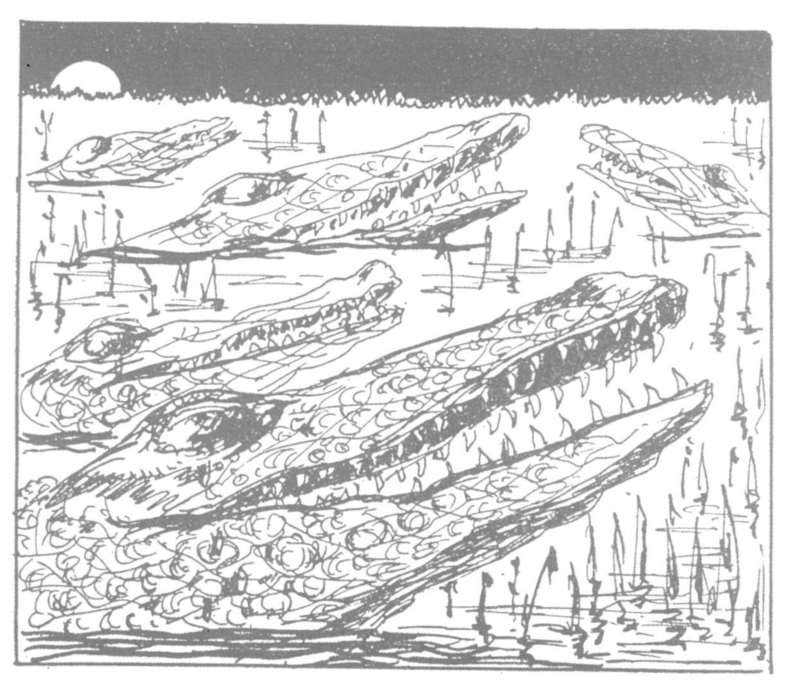

그러나 우리 인생살이의 절반은 반드시 신비로운 친구 운명의 신에 의해 지배를 받는 법, 예상치 못한 일이 일어났다.

어린이 십자군은 아무런 성과도 거두지 못했다. 연방 정부의 수사관들도 사실상 아무것도 건지지 못한 채였다.

주 수사관들도 완전히 실패했고, 사립 탐정들은 미친 듯이 날뛰고 나서 정부에 엄청난 액수의 "비용"을 청구했지만 이룬 것은 없었다.

그러던 어느 날 오후, 조그만 쥐 한 마리가 어린이 십자군을 홍보 중인 신문사에 나타났다. 거기엔 예의 두 신문기자가 앉아서 우울하게 얼음물을(다른 걸 사 먹을 돈이 없었기 때문에) 마시며 이제 다 끝난 일이 아닐까 얘기하고 있었다.

쥐가 들여보낸 명함엔 "마르그리트 드 몽-수리 양"이라고 씌어 있었다.

NAPOLEON

그녀는 나이 든 프랑스 숙녀 쥐로 부끄럼이 많았다. 그녀는 자신이 라파예트 장군과 함께 미국으로 온 오래된 가문의 일원이라고 말했다. 한때는 잘살았지만 지금은 웨스트사이드 아래쪽 별로 비싸지 않은 하숙집에서(그녀는 "싼 하숙집"이라고 말하기를 꺼렸다) 살고 있다고 했다. 그녀는 전날 밤 벽지 뒤로 외출하다가 코끼리 납치 사건과 관련이 있는 게 확실한 대화를 우연히 듣게 되었다고 했다.

그녀는 오하이오 머드빌이라는 지명을 똑똑히 들었다고 했다. 납치범들로 믿어지는 사람들이 다음 날 아침 일찍 빠른 차를 타고 머드빌로 가야 한다고 말했다는 것이다. 연방 정부가 범죄자들에 대한 대변혁 조치를 계획하고 있으므로 그 일을 계속하는 건 너무 위험하다면서 그 코끼리를 없애버려야 한다고 했다는 것이다. 마르그리트 양은 너무도 흥분하여 정확한 표현을 기억하진 못했지만 존 경이 오하이오 어딘가의 서커스단에 있다는 것만큼은 확실히 기억난다고 했다.

기자들로부터 이 인터뷰에 대해 보고받은 편집자들이 제일 먼저 한 일은 가짜 호외로 전 시내를 뒤덮은 것이었다. 어린이들은 그것을 보고 안도와 기쁨을 느꼈으며 가엾은 누들은 너무도 감사하여 가슴이 터질 것 같았다. 그러나 다른 사람들에겐 아무 의미도 없는 일이었다. 범인들에게는 당국이 납치 수수께끼를 끝내기 위한 노력을 하고 있진 않지만 추적 중이라는 명백한 경고를 주었다.

EXTRA
FOUND
EXTRA

그 다음에 그들은 좀 더 실제적인 조치를 취했다. 특별히 비행기를 세내어주어 두 기자와 닥스훈트가 그날 저녁 늦게 머드빌에 도착하게 한 것이다.

멀리서도 서커스가 시내에 와 있음을 알려주는 개밋둑 같은 인파가 보였다. 착륙하고 나서 보니 연방 정부 수사관들이 먼저 와 있었다. 그들은 때맞춰 그 코끼리의 친한 친구라는 어릿광대를 인터뷰하는 중이었다. 광대는 서커스 사람들이 존 경을 타당한 방식으로 손에 넣었다고 말했다. 그들에게 있어서 그는 합리적인 가격에 제공된 상품의 하나에 다름 아니었다.

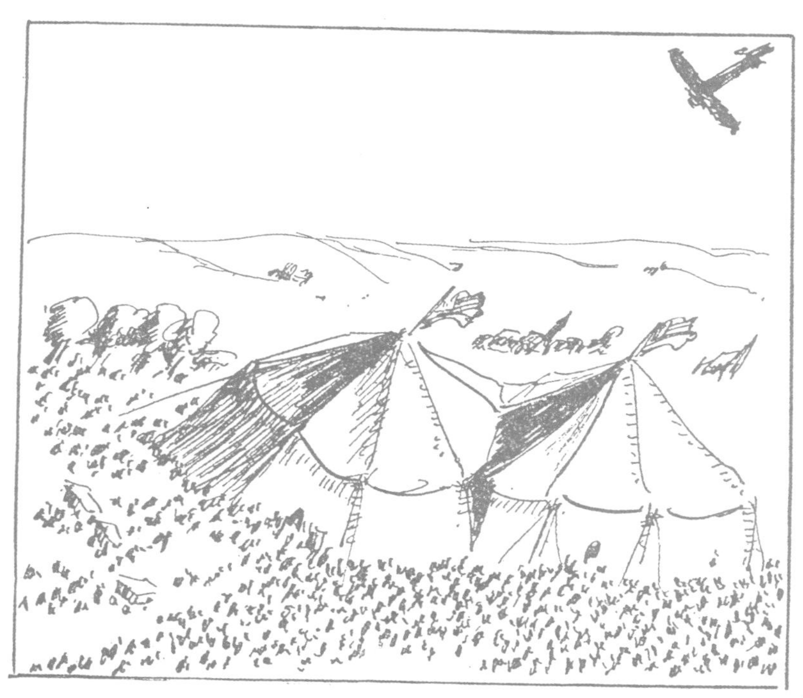

광대의 이름은 "윌리닐리", 즉 "막무가내"였다. 대학의 교수였던 그는 곧 그 직업에 싫증이 났고 제대로 광대 노릇을 해보고 싶었다고 했다.

존 경이 그 서커스에 온 후 그와 존 경은 조그만 코미디 프로를 함께 해왔고 그렇게 해서 쉽게 친구가 되었다는 것이었다.

"훌륭한 동물이죠." 기자들이 그의 사진을 48장 찍고 난 후 그가 말했다. "내가 알았던 코끼리 중에 제일 훌륭해요. 친절하고 예의 바르며 매우 영리해요. 자기가 아프리카의 신분 높은 집안의 아들이라고 했지만 우리가 알아낼 방법이 있었나요? 우리는 거의 일 년 동안 이런 형편없는 시골 구석을 돌며 하룻밤씩 공연을 해왔으니 진짜 뉴스라곤 들을 수가 없었어요. 우리는 그를 정상적인 방식으로 손에 넣었다고 생각했어요. 우리는 모두 그를 매우 좋아했어요. 그러나 오늘 아침에 그가 사라져버렸어요. 밤 사이에 누군가가 서커스의 우리를 침입한 게 틀림없어요. 그들도 트럭을 타고 다녔을 거예요. 도처에서 그들의 트럭을 보았거든요."

그건 아주 불안한 소식이었다. 신문기자들과 연방 수사관들은 절박한 상태의 범인들이 자신들에게 불리한 증거를 없애기 위해 무슨 짓이든 할 거라고 동의했다.

밤새 비가 내렸고 진흙탕 길에는 증거가 될 만한 바퀴 자국이 전혀 남아 있지 않았다. 그들은 흩어져서 그 주변을 조사하기로 했다. 기자들이 한쪽 길로 갔고 수사관들은 다른 길로 갔다.

"자네도 가려나?" 그들이 누들에게 물었지만 그는 너무 피곤하여 가지 않겠다고 말했다.

사실 그는 전혀 피곤하지 않았다. 그러나 그는 나름대로 조그만 계획을 갖고 있었다. 냄새를 따라가는 일에 있어서 그는 별 볼일 없는 인간들의 영리함이나 재간보다는 자신의 코에 의지하는 걸 훨씬 좋아했다.

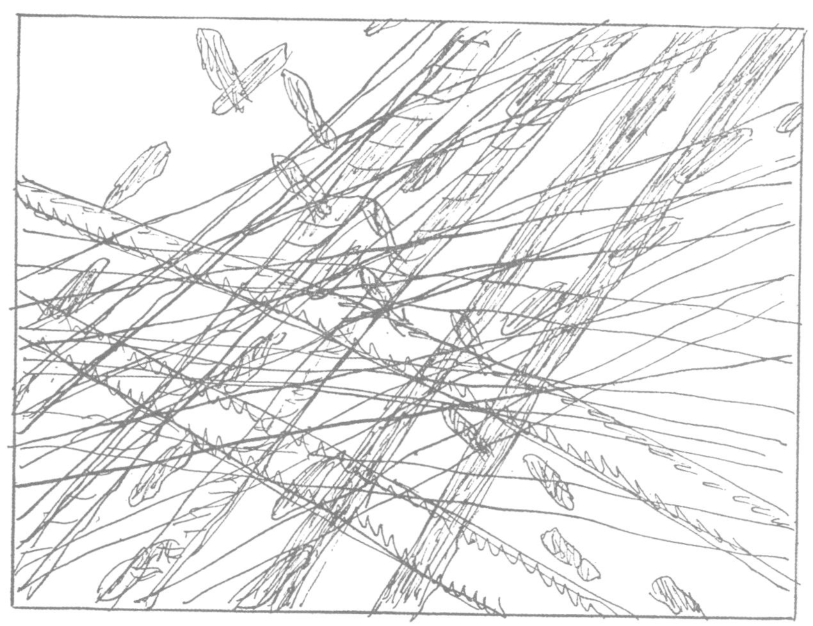

다른 사람들은 넓은 주도로로 갔지만 그는 그리로 가지 않고 모든 동물들의 법칙, 즉 "네 코가 제일 잘 안다"라는 법칙을 따랐다. 그는 본능이 시키는 대로 어디든 갔다. 낮은 풀밭으로 가다가 시내를 건넜고, 나무들이 모여 서 있는 곳을 통과했으며, 언덕을 올라갔다가 가파른 골짜기로 내려가기도 했고, 다시 시내를 건넌 다음 언덕을 올라갔다. 그때 갑자기 바로 눈앞에 얕은 골짜기가 나타났다. 그 한가운데에 두 그루의 고목이 서 있고 그 불쌍한 코끼리가 나무에 무거운 쇠줄로 묶여 있었다. 그는 고릴라의 품에 안긴 갓 태어난 아기처럼 무력해 보였다.

닥스훈트는 기쁨에 넘쳐 으르릉거리며 언덕을 뛰어내려가 친구에게 인사했다. 아무도 눈에 띄지 않았다. 납치범들은 간 게 분명했다. 그가 할 일은 친구들, 즉 신문기자들과 대장장이를 불러오는 것이었다. 그러면 존 경은 자유의 몸이 될 것이었다.

그러나 바로 그 순간 총성이 울렸다. 누들은 오른쪽 어깨에 바늘로 찌르는 듯한 고통을 느꼈다. 달아나려 했지만 오른쪽 다리가 움직이지 않았다. 핏방울이 풀밭 위에 뚝뚝 떨어졌다.

그때 근처의 돌담 뒤에 숨어 있던 겁쟁이 납치범들이 그에게 달려들었다. 그 중 하나는 닥스훈트를 막대기로 치기까지 했다. 그 다음엔 그의 멱살을 잡고 공중으로 끌어올렸다.

납치범이 말했다. "자, 이 꼬마 악마야, 이제 어쩔 테냐? 똘똘이 닥스훈트가 우리 일을 망치려고? 안됐지만 우리가 너에게 영영 잊지 못할 교훈을 주지. 이 어리석은 코끼리로 돈 좀 벌어보려는 걸 네가 망치려 했지? 한동안은 네가 성공하는 것 같았겠지만 이젠 우리 차례야. 너의 친애하는 코끼리는 100파운드 나가는 무거운 쇠사슬로 묶여 있어서 너를 도와줄 수가 없어. 그리고 우리 일을 방해하는 자들에게 무슨 일이 일어나는지 보여주기 위해서라도 산 채로 네 껍질을 벗길 거야."

그렇게 말하면서 납치범은 가엾은 강아지를 젖은 풀밭에 떨어뜨리더니 주머니에서 커다란 칼을 꺼냈다. 칼은 햇빛을 받아 번쩍거렸다. 그러곤 누들을 왼손으로 다시 들어올렸고 오른손으로는 칼을 꽉 쥐고 말했다. "자, 간다! 하나, 둘……."

그러나 그가 마지막 "셋"을 외치기 직전 엄청나게 큰 쿵 소리가 들렸다.

절망에서 나온 용기가 존 경에게 초코끼리적 힘을 준 것이다. 자신을 묶고 있던 무거운 쇠줄을 종이 테이프인 것처럼 끊어버리고 귀를 펄럭이며 입으로는 가장 무시무시한 코끼리의 저주를 큰 소리로 퍼부었다. 그는 칼이 누들의 피부에 닿으려는 바로 그 순간에 범인에게 돌진했다.

그 강력한 코를 단 한 번 휘두르자 겁쟁이 납치범의 사악한 머리통에 엄청난 타격이 가해졌고, 그놈은 자신이 수천 개의 나비 매듭으로 묶인 듯한 느낌을 받았다. 그가 죽는 데는 채 2초도 걸리지 않았다.

나머지 두 악한들은 이 예상치 못한 일에 경악하여 죽어라고 달아나다가 나무 뒤에 숨어서는 행여 어디 치명적인 곳을 좀 맞혀볼까 하는 희망으로 존 경을 향해 자동 권총을 쏘았다.

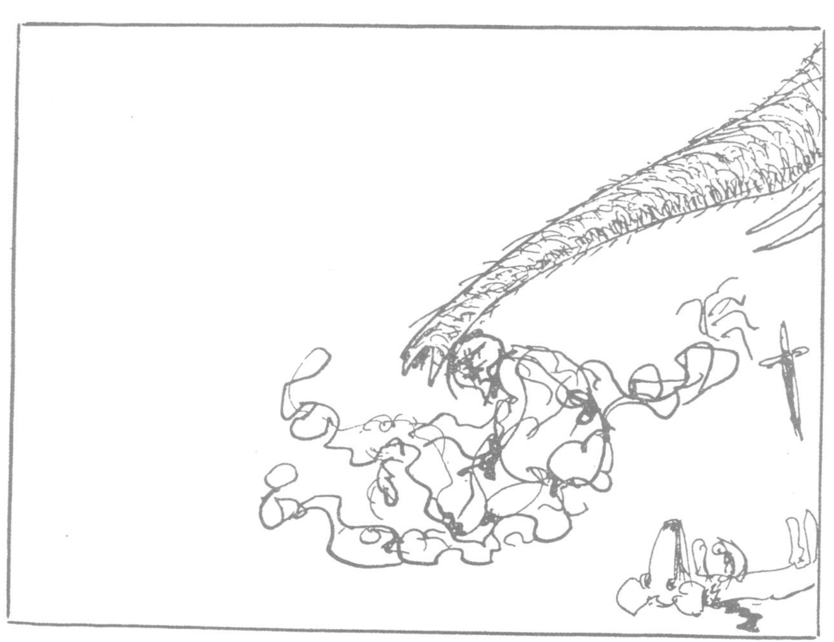

그러나 그때 존 경에겐 "치명적인 곳"이 없었고 총알은 그의 피부에 모기에 물린 자국 같은 것을 무수히 남겼을 뿐이었다. 그걸 알아챈 악한들은 돌담 쪽으로 도망가려 했다. 코끼리는 무거운 쇠줄을 질질 끌고 있었으므로 거기까지는 따라오지 못할 거라고 생각해서였다. 그러나 존 경은 단 한 번의 뜀뛰기로 돌담을 뛰어넘어 적들을 바짝 뒤쫓기 시작했다.

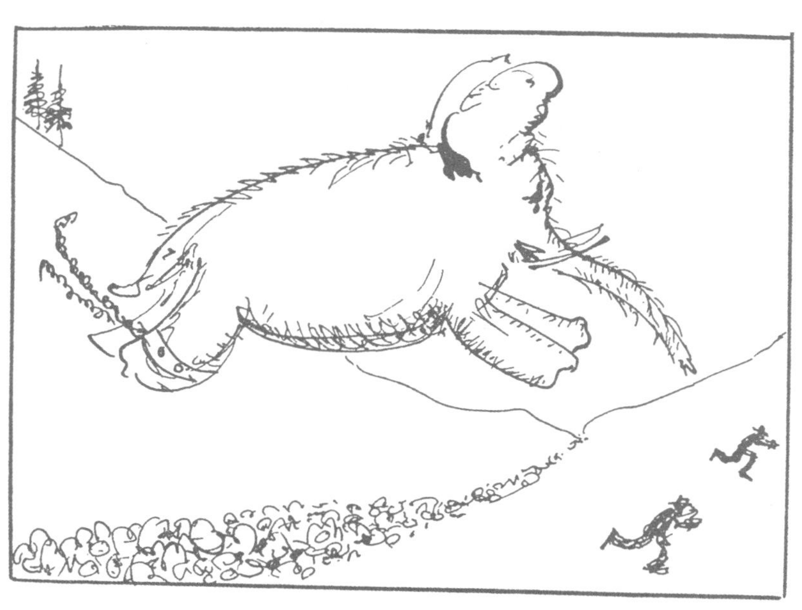

그가 두 악한을 잡는 바로 그 순간에 두 신문기자가 진흙길 추적을 포기하고 언덕 꼭대기에 나타났다. 그러므로 두 기자는 그 무서운 광경을 직접 눈으로 본 증인이 되었다.

견딜 수 없이 화가 난 존 경은 두 악한을 한 놈씩 잡더니 다리를 잡아서 공중에 대고 커다란 원을 그리기 시작했다. 그 다음에는 그들의 머리통을 그 돌담에 대고 던져버렸다. 악한들이 숨으려 했던 바로 그 돌담이었다.

조금 있다가 연방 수사관들이 현장에 달려왔을 때, 그들에겐 할 일이 아무것도 없었다. 세 명의 시체가 나가떨어져 있었고 그것으로 끝이었다.

"이놈들은 그냥 여기 두는 게 낫겠어." 수사관 대표가 말했다. "쓸모있는 사람 노릇은 한 번도 한 적이 없는 놈들이야. 이런 놈들은 정말 태어나지 말았어야 해."

진실로 그건 그가 일생에 한 얘기 중에 가장 옳은 말이었다.

나머지 얘기는 뻔하다. 필요한 절차가 끝나자 존 경은 누들(발은 삼각건에 싸인 채)과 두 신문기자 친구들과 함께 뉴욕으로 돌아갔다. 그는 영화나 희가극에 출연하라는 모든 제의를 물리쳤고 항구를 출발하는 첫 배로 아프리카로 돌아갔다.

그와 닥스훈트 친구의 이별 장면은 정말 감동적이었다. 둘이서 너무도 심하게 울어대어서 27일 동안이나 갑판을 청소할 필요가 없었다.

그 증기선이 바다로 미끄러져 나갈 때 누들은 후갑판 위의 어두운 모습을 향해 붕대에 싸인 자신의 조그만 발을 흔들기 시작했다. 그는 연기를 내뿜는 예인선이 끼어들어 존 경이 탄 배가 보이지 않게 될 때까지 그를 향해 발을 흔들어대었다.

J.E

그 다음엔 충성스런 운전수 알버트가 그를 조심스럽게 들어올려 (과다출혈로 인해 그는 아직 매우 약했다) 차에 태워서 퀼리리로 데려갔다. 그곳에서 그는 자신의 아들인 꼬마 누들에게 스컹크와 고양이를 구별하는 법이니 어떤 장미나무 아래 스테이크 뼈를 묻어두었는지 기억하는 법 등을 가르치며 즐겁고 평화로운 나날을 보냈다.

여섯 주가 지난 후 존 경은 다르-에스-살람에 내렸다. 자신이 태어난 밀림으로의 귀환이야말로 진정한 승리의 행진이었다. 모든 역마다 그 지방의 동물 대표단이 그를 기다렸다. 해안에서 3일을 더 간 끝에 폴리페마 논의 모습을 본 그의 가슴은 기쁨으로 일렁였다. 그녀는 한 번도 그에 대한 믿음을 저버리지 않았으며 이제 그와 서약한 신부가 되었다.

감정을 공공연하게 드러내는 것을 혐오하는 디오게네스는(다른 면도 그랬지만 특히 이런 면에서 그는 진정한 철학자였다) 그 모든 축제에 참여하는 걸 피하기 위해 최대한 노력했다. 고래 등을 타고 여행하는 동안 살짝 동상에 걸린 발을 내세워 자신은 그런 격렬한 행사에 참가할 수 없다고 말했다. 그러나 코끼리들은 그런 말엔 귀를 기울이지 않았다. 그들은 그 초라하고 늙은 고양이를 자기 종족의 은인으로 사랑하고 숭배하였다. 그가 걸을 수 없다고 하자 그들은 그를 운반해줄 수단을 마련했다. 디오게네스는(다른 면도 그랬지만 특히 이런 면에서 그는 진정한 철학자였다) 대중의 뜻 앞에 고개를 굽히고 100세 된 거북의 등에 타고 행렬의 맨 앞에 섰다. 거북은 다소 느렸지만 누구나 탐내는 준마처럼 안정감 있게 나아갔다.

디오게네스가 아프리카를 떠나기 직전, 감사해 마지 않는 동물들은 그에게 황금 통을 선물했다. 그 통에는 그 고양이가 동물 왕국을 위해 했던 훌륭한 일을 후손들에게 알리기에 적당한 말이 새겨져 있었다. 또한 그는 뉴욕으로 가는 배의 일등석 표도 선물 받았다. 그 항로를 운행하는 회사에서는 고맙게도 그가 예전에 탔던 펭귄섬 호의 제일 좋은 방을 쓸 수 있게 해주겠다고 제안했다. 그는 아프리카로 가기 위해 그 배를 탔다가 무시무시한 경험을 한 바 있었다. 그러나 그는 그 모든 친절한 제의를 거절하고 다른 고양이들과 함께 대부분의 시간을 보냈다. 그 고양이들은 항해의 마지막 밤에 그를 위해 연주회를 열어주었는데 펭귄섬 호의 승객들은 죽는 날까지 그 연주회를 기억할 것이었다.

마침내 디오게네스가 뉴욕에 도착하자 또 한 번의 요란법석이 기다리고 있었다.

높은 관리들로 구성된 위원회, 모피 산업의 대표들(이건 좀 생각이 부족한 처사였을지도 모른다), 확성기들(떠들어대는 인간들과 다른 종류의 확성기들), 그리고 수많은 자동차들, 수백 대의 오토바이를 탄 경찰들이 에워싼 채 그를 영접하기 위해 기다리고 있다가 마치 심판의 날이 오기라도 한 듯 모두 경적을 울려대었다.

디오게네스는 몇몇 연설을 듣고 난 다음(그는 진정한 철학자였을 뿐만 아니라 예의 바른 동물이었다) 극심한 피로를 호소하였다. 그는 위원회에 자신의 황금 통을 처분하여 이익금을 에스.피.시.에이, 즉 동물학대방지회에 전해달라고 부탁했다. 그러고 나서 경찰에게 자신을 원래 살던 조그만 골목으로 데려다달라고 했다. 거기에 도착하자 그는 조용히 자신의 통 속으로 들어갔다. 그는 그곳에서 진정한 지혜를 추구하며 살았는데 그 지혜만이 우리에게 마음의 평화와 영혼의 만족을 줄 수 있는 것이다.

그러나 일 년에 한 번 정기적으로 그는 존 경과 폴리페마 여사로부터 우편엽서를 받았다. 그 엽서에는 그들이 코끼리 아이들과 함께 점점 커지는 가족을 이루고 자신들이 태어난 광야에 있는 모습이 실려 있었고 "영원히 잊지 못할 은인에게"라고 새겨져 있었다.

Christmas 1933 To OUR NEVER-to-be
forgotten benefactor
(wish you were here!)
John.
Johnny
Alice
Margaret
NEW YORK.

나는 우리의 짤막한 희비극의 매우 중요한 인물 한 사람도 적절한 보상을 받게 되었다는 말을 하게 되어 기쁘다.

정의를 실현하는 데 크게 공헌했던 마르그리트 드 몽-수리 양은 그녀의 초라한 하숙집을 떠나 그 도시에서 제일 유명한 식당의 부엌을 마음껏 드나들 수 있는 "부엌의 자유"를 상으로 받았다. 그녀는 그곳에서 잘 숙성한 치즈를 먹으며 원숙한 나이에 이르도록 행복하게 살았으며 그녀와 사귈 특권을 가진 이들로부터 깊은 사랑을 받았다.

HOTEL LAFAYETTE

Room Service : 5 cents extra per Person on each item served in rooms.

BRING HOME A POUND OF OUR OWN BLEND FRENCH ROASTED COFFEE 50 CENTS A POUND.

Bread and Butter 10c.

DINNER

SUNDAY
FEB. 26. 1933

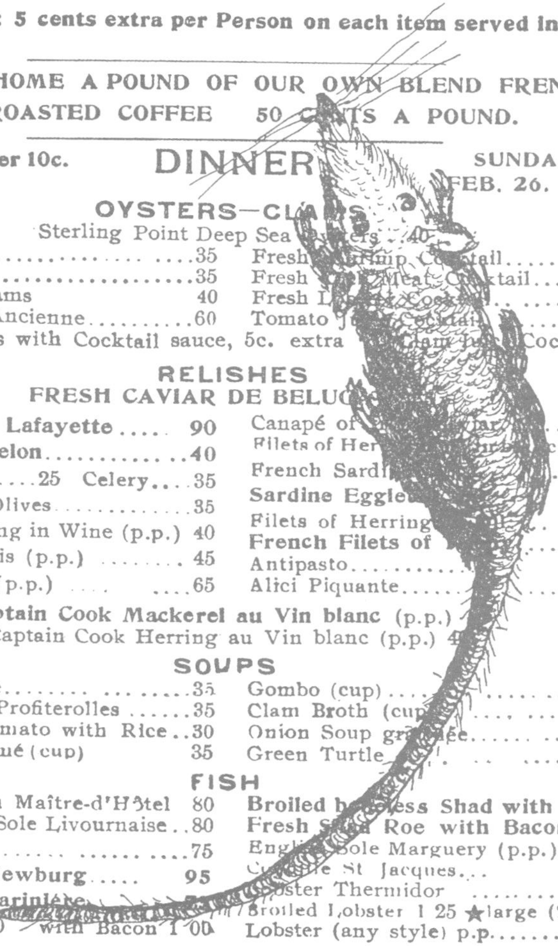

OYSTERS—CLAMS

Sterling Point Deep Sea Oysters . . 40

Blue Points .... .35
Little Necks 35
Cherry Stone Clams 40
Soft Clams à l'Ancienne 60
Oysters or Clams with Cocktail sauce, 5c. extra

Fresh Shrimp Cocktail .... .45
Fresh Crab Meat Cocktail 55
Fresh Lobster Cocktail 85
Tomato Juice Cocktail 25
Clam Juice Cocktail 30

RELISHES

FRESH CAVIAR DE BELUGA

Hors-d'Oeuvre Lafayette 90
Honey Dew Melon 40
Grape Fruit (½) .... 25 Celery 35
California ripe Olives 35
Cleppien's Herring in Wine (p.p.) 40
Canapé d'Anchois (p.p.) 45
Anchovy Salad (p.p.) 65

Canapé of ... Caviar 1.25
Filets of Her... ...c (p.p.) 40
French Sardi... ...tin 40
Sardine Egglet... " 45
Filets of Herring ... " 40
French Filets of ... . " 45
Antipasto .... " 45
Alici Piquante .... " 40

Captain Cook Mackerel au Vin blanc (p.p.)
Captain Cook Herring au Vin blanc (p.p.) 4..

SOUPS

Potage Lamballe 35
Consommé aux Profiterolles 35
Pea Soup or Tomato with Rice .. 30
Chicken Consommé (cup) 35

Gombo (cup) 35
Clam Broth (cup) 30
Onion Soup gratinée 40
Green Turtle 65

FISH

Broiled Weakfish Maître-d'Hôtel 80
Filet of Boston Sole Livournaise .. 80
Whitebait 75
Oyster Crabs Newburg 95
Mussels à la Marinière ...
Fried Scallops 90 with Bacon 1 00

Broiled boneless Shad with Roe 85
Fresh Shad Roe with Bacon .. 1.10
English Sole Marguery (p.p.) .. 1.00
Coquille St Jacques ... 85
Lobster Thermidor 1.35
Broiled Lobster 1 25 ★ large (2p) 2 75
Lobster (any style) p.p. 1.50

자, 드디어 이 책에서 가장 중요한 부분에 이르렀다. 여러분은 존 경이 유람을 위해서 항해를 시작한 게 아니고 인간의 문명을 연구하기 위해서였다는 걸 기억할 것이다. 그는 인간의 문명을 보고 나서 코끼리들과 다른 동물들이 자신들의 삶의 방식을 버리고 백인들의 방식을 받아들여야 하는가 판단하기로 했었다.

진지하고 성실한 젊은이답게 그는 보고서를 기안하는 데 4개월을 보냈다. 그 일이 끝났을 때 아프리카 전역의 코끼리들은 정해진 날짜에 모이라는 연락을 받았다. 대부분의 다른 동물들도 그 자리에 참석했는데 그건 단순한 호기심 때문이 아니라 그 문제에 대한 깊은 관심 때문이었다.

동물계 서기인 새가 그 보고서를 읽는 데 장장 7시간 47분 12초가 걸렸으나 모든 참석자들은 숨을 죽이고 경청했다.

보고서는 다음과 같은 엄숙한 말로 끝을 맺었다.

"인간의 문명은 훌륭하고 장대하며 화려하고 놀랍다. 여러 가지 면에서 그것은 정신이 단순한 무생물 위에 이룬 가장 위대한 승리이다. 삶의 현실적인 면에 관한 한 거의 모든 면에서 그것은 측량할 수 없을 정도로 우리의 방식보다 우월하다. 그러나 깊이 연구한 끝에 나는 인간의 방식에 무언가가 결핍되어 있으며, 그들의 영광스러운 승리 한복판에 조만간 비참하고 수치스러운 패배를 가져올 재앙의 요소가 있다는 유감스러운 결론에 도달했다. 안됐지만 그 '무언가'가 무엇인지 자세히 설명할 수는 없다. 그러나 이것만은 확실히 말할 수 있다. 즉 우리 동물들은 우리의 백인 이웃들을 흉내내선 안 된다는 것이다. 인간이 오래 전에 잊어버린 무언가를 우리들은 아직 알고 있다. 그건 진실하고 도리에 맞는 삶은 존재의 궁극적 실체와 긴밀하게 연결되어 있을 때만 실현 가능하다는 것이다. 오늘날의 인간은 자연의 기본 질서에 순응하기를 거부한다. 그 결과 인간은 파멸하게 되어 있다. 삼가 제출합니다. 존 에펠라스."

서기새가 마지막 페이지를 읽고 난 후 몇 분 동안 완전한 침묵의 시간이 흘렀다. 그 자리에 참석한 모든 코끼리와 동물들은 각자 깊은 생각에 빠져 있었다.

그때 매우 젊은 코끼리 하나가 일어났다. 그는 동물들에게 자기네 방식을 버리고 되도록 인간들처럼 살자는 운동을 주도했던 몇몇 무리 가운데 하나였다. 그는 의장으로 선출되어 회의를 주재하던 존 토비아스 경을 부르더니 부끄러운 얼굴로 결의문 제안을 허락해달라고 말했다.

아무도 반대하는 사람이 없자 존 토비아스 경은 그에게 연단으로 나와 결의문을 읽으라고 했다.

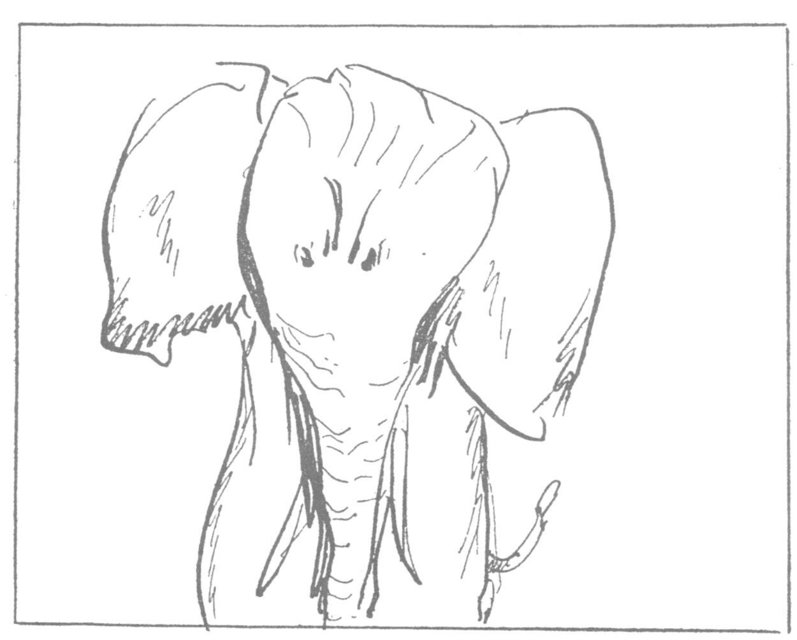

"이건 아주 짧은 결의문입니다." 그 젊은 코끼리가 말했다.

"읽어라! 읽어라!" 수많은 열띤 목소리가 외쳤다.

"좋습니다. 읽겠습니다." 그는 낡은 봉투를 펼치더니 그 뒷면에 자신이 흘려 써두었던 몇 개의 단어들을 읽기 시작했다. "제 결의문은 이겁니다. 단지 이것뿐입니다. 즉 우리 코끼리들은 영원히 코끼리로 남아 있기로 결의합시다."

그 결의문을 채택할 때 나타난 열광적 호응은 주지의 역사가 되었다.

그로 인해 19번의 지진이 일어났고 23개의 강줄기가 바뀌었다. 또한 중앙아프리카의 커다란 호수들을 나타내는 모든 지도들을 폐기하고 새 것들로 대체해야 했다. 멀리 떨어진 로마와 도쿄, 워싱턴, 몬테비데오 등지의 지진 관측소들은 어딘지 정확히 알 수 없는 곳에서, 어쩌면 대양의 밑바닥 어디쯤에서 엄청난 지각 변동이 일어난 것 같다고 보고했다.

물론 코끼리들과 다른 동물들은 잘 알고 있었지만 설명할 필요를 느끼진 않았다. 그들은 얘기했다. "무슨 소용이 있겠는가? 인간들은 결코 이해하지 못할 거고, 무언가를 이해할 수 없을 때 인간들은 언제나 이른바 안전을 위해서 재빨리 서로에게 총을 쏘기 시작할 테니."

"그러나 우리 코끼리들은 우리가 살아온 대로 조용하고 행복한 삶을 계속할 것이다. 숲속엔 우리의 필요를 충족시키기에 충분한 먹이가 있다. 강과 호수에는 물이 충분하여 우리는 결코 목마르지 않을 것이다."

"우리에게 패기가 부족한 게 아닐까?"

"우리도 백인들이 서로를 부추기는 것처럼 '무언가를 해내기 위해' 좀 더 열심히 노력해야 하는 것 아닐까. 물론 그 '무언가'가 무엇인지 확실히 아는 사람은 거의 없는 것 같지만."

"우리의 세계에는 영원히 변치 않을 오래된 가치, 사랑, 관용을 지닌 것들이 이리도 많은데, 왜 결코 풀리지도 않을 그런 문제들에 대해 신경을 쓴다지? 아내에 대한 사랑과 존경, 친구와의 우정, 우리의 아이들이 훌륭한 후계자가 되도록 키우는 즐겁고 감사한 일, 태양이 먼 바다로부터 다시 떠오르는 이른 아침의 아름다움, 보람 있게 보낸 하루의 끝에서 어둠이 언덕과 골짜기에 내려앉을 때, 우리의 수많은 실수와 실패에도 불구하고 우리가 존재의 영원한 실체에 충실했음을 느낄 때, 그때 우리를 찾아오는 만족감."

그 모임은 오후 늦게야 끝났고 모든 동물들은 각자의 지역으로 돌아갔다. 그러나 늙은 고릴라 하나는 서기 새가 존 경의 보고서를 묶어 둔 나무 앞에 한참 머물면서 그것을 좀 더 잘 읽어보려 애쓰고 있었다.

그러고 나서는 생각에 잠긴 채 오른쪽 귀 뒤를 긁적이더니 짚 한 오라기를 집어들고 마음 속으로부터 나오는 듯한 깊은 한숨을 쉬었다.

그는 매우 의기소침해 있었다. 그건 언젠가 거울에 비친 자신의 모습이 인간 사촌들과 닮은 걸 보고 기분이 좋지 않았기 때문이었다.

"구사일생이로군, 구사일생이야! 아슬아슬하게!" 혼잣말을 하며 그는 조용히 카드 놀이를 하던 곳으로 돌아갔다.

이렇게 해서 진리를 향한 대장정에 나섰던 존 경과 그가 겪어야 했던 이상한 모험(그리고 예상치 않았던 친구들) 얘기는 끝나고 우리는 출발점, 즉 우리 자신에게로 돌아간다.

그는 그 항해에 나섰던 걸 한 번도 후회하지 않았다. 그러나 그에겐 헛된 방황과 쓸모없는 편력을 계속하여 시간을 낭비할 생각이 없었다. 큰영양이 그에게 아프리카 심장부의 몬테 마가리타 기슭에 있는 아름다운 땅에 대해 얘기해준 적이 있었다. 아직 백인의 발이 닿지 않은 그 낙원 속으로 젊은 아내와 함께 들어간 그는 그곳에서 영원히 행복하게 살았다.

그러나 때때로 저녁 식사를 좀 분별없이 하고 잠자리에 든 날이면 공포에 질려 무시무시하게 울부짖으며 한밤중에 깨어 일어나곤 했다.

처음엔 그런 일이 어린 코끼리들을 심하게 겁먹게 했다. 그러나 얼마가 지나자 아이들도 익숙해져서 그 소리를 들으며 미소 지을 뿐이었다. 그러면 어머니 코끼리가 이불을 따뜻하게 잡아당겨 덮어주며 속삭였다. "귀염둥이들아, 신경 쓰지 마라. 걱정할 것 없어. 아빠는 인간들과 보낸 날들에 관한 꿈을 꾸고 있는 것뿐이란다."

—1933년 6월 4일, 킬리리.

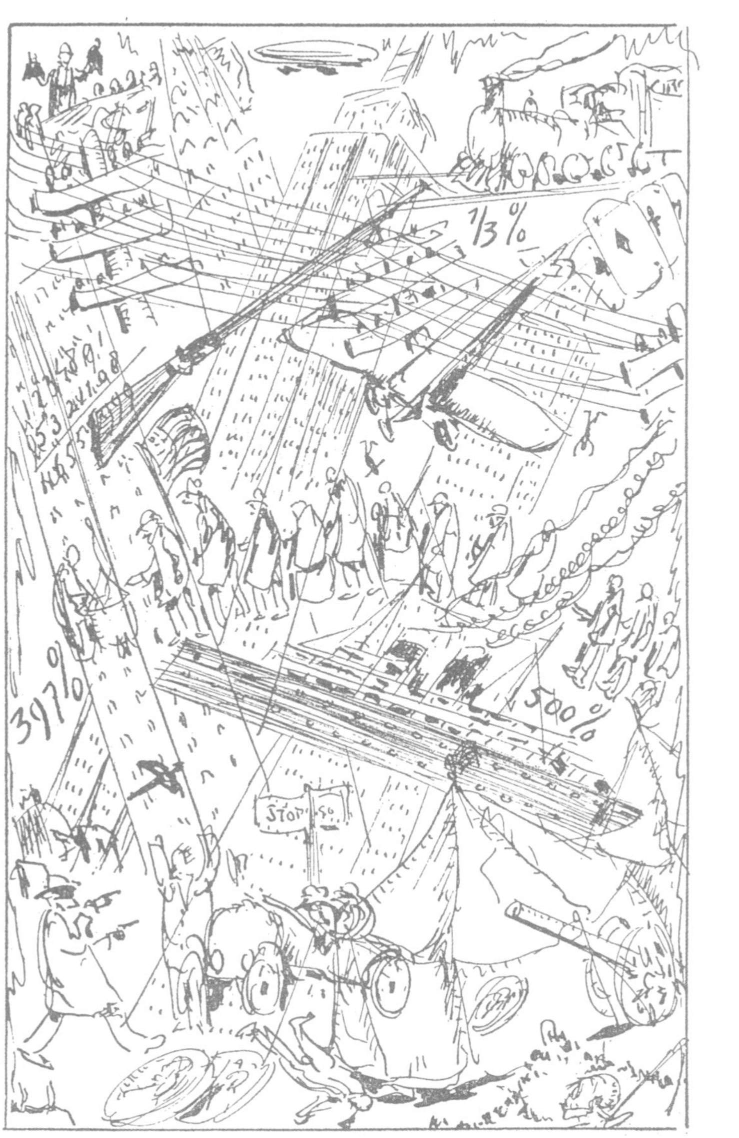
1/3%
39%
500%
STOP